Bramfelder Kulturladen (Hg.)

[Gem]einsam
Jugendschreibwettbewerb // 2020

Bramfelder Kulturladen (Hg.)
Konstantin Ulmer (Red.)

[Gem]einsam
Jugendschreibwettbewerb // 2020

© 2020 Bramfelder Kulturladen

1. Auflage
Gestaltung: Konstantin Ulmer
Redaktion: Konstantin Ulmer

Verlag und Druck: tredition GmbH, Halenreie 40-44, 22359 Hamburg

ISBN (Paperback): 978-3-347-22012-6
ISBN (e-Book): 978-3-347-22014-0

Bibliografische Information der Deutschen Nationalbibliothek: Die Deutsche Nationalbibliothek verzeichnet diese Publikation in der Deutschen Nationalbibliografie; detaillierte bibliografische Daten sind im Internet über http://dnb.d-nb.de abrufbar.

Inhalt

Vorwort.. 7

U18

Natalie Drescher: Und sie hoben ihre Gläser 10

Vera Wettstein: Wer blickt aus der Leere zurück 15

Eric Huland: Lusekofte – Ein Herbstmärchen über Nähe 18

Dilara Cankaya: Mein Teppich voller Sorgen 24

Lino Goldbeck: Bergluft 27

Emma-Lee Bunk: Nie mehr allein 30

Pippa Daube: Blick im Getümmel 31

Emilia Eggers: Gemeinschaft vom Alleinsein 32

Ingmar Frey: Die Küchenuhr 35

Alina Stark: Irgendwo gemeinsam einsam sein 37

U14

Nele Regenberg: Das Tagebuch eines Fisches 41

Lisa Zhang: Lebenselixier 44

Blanca Vespermann: Allein 62

Parinas Doose: Die Superheldenakademie 65

Valentin Peddinghaus: Richtungsgemeinschaft 81

Elina Desjardins: Spiegel unserer Gesellschaft 84

Lara Küpper: Finny, der kleine Fisch 86

Malena Mäscher: Der Begleiter 90

Annika Roth: Gedichte... 93

Paula Tendam: Rollenvergabe 96

Vorwort

Im März 2020 war alles angerichtet: Die Projektmittelanträge für einen Jugendschreibwettbewerb unter dem Motto *[Gem]einsam* waren abgeschickt. Einige Sachpreise warteten auf Abholung. Begleitende Workshops waren terminlich festgezurrt. Und einige Lehrer*innen hatten bereits signalisiert, den Wettbewerb in ihren Unterricht zu integrieren. Kurzum: Die Planungen liefen schnell, zielführend und routiniert. Kein Wunder, schließlich war *[Gem]einsam* nach *Heimat, Digga!* (2016) und *Grenzen überschreiben* (2018) bereits der dritte Jugendschreibwettbewerb, den wir veranstalten wollten.

Dann kam Corona.

Für den Kultur- und den Schulbetrieb war 2020 deswegen ein Jahr, das in Erinnerung bleiben wird. Nein, in guter Erinnerung sicher nicht. Aber: Wir haben Lösungen gefunden, schnell, zielführend und ganz ohne Routine, sondern mit viel Kreativität und permanenter Improvisation. Dabei ist viel Schönes herausgekommen.

Ein besonderes Ergebnis dieses eigenartigen Jahres ist dieser Band. Denn ausgeschrieben haben wir den Wettbewerb mit etwas Verzögerung trotzdem, und selbst die geplanten Workshops kamen irgendwie zustande, virtuell und auch vor Ort. Schreiben kann man schließlich überall und immer, wenn man sich die Zeit nimmt. Und das Motto passte gewissermaßen wie die Maske aufs Gesicht, denn überall war von Solidarität die Rede, vom Aufeinanderachtgeben, vom Gemeinsam eben, aber auch von der Einsamkeit, die der Lockdown und das Social Distancing mit sich brachten. Beides, das Gemeinsame und das Einsame, fand sich auch in den Beiträgen wieder.

Die Anzahl der eingegangenen Texte lag bei rund fünfzig und war damit geringer als bei den Vorgängerwettbewerben, was uns Anbetracht der Umstände wenig überraschte. Aus allen Einsendungen wurde eine Longlist ausgewählt, die auf einer Preisverleihung im

Oktober 2020 ausgezeichnet wurde und nun in diesem Buch versammelt ist. Die besten fünf Texte in den beiden ausgeschriebenen Altersklassen U14 (2005 und jünger) und U18 (2001-2004) wurden von einer literaturkundigen Jury, bestehend aus der Lektorin Steffi Korda, Stefanie Segatz vom Jungen Literaturhaus *julit* und dem Autor Alexander Posch, jeweils gesondert platziert.

Danken möchten wir an dieser Stelle nicht nur den Autor*innen und den Juror*innen. Dass wir einige Workshops anbieten konnten, hing auch damit zusammen, dass sich engagierte Lehrer*innen trotz der Panddemie für das Projekt begeistern konnten und in einem ohnehin organisationsreichen Jahr den organisatorischen Mehraufwand in Kauf nahmen. Dass wir die Workshops kostenfrei anbieten und den Wettbewerb professionell bewerben konnten, verdanken wir der Projektförderung durch die SAGA GWG Stiftung Nachbarschaft und die Sparkassen-Stiftung Holstein. Sachpreise und Gutscheine für die Preisverleihung stellten die Buchhandlung Heymann und die Haspa zur Verfügung.

Dr. Konstantin Ulmer // Brakula-Kulturlabor

U18

(Jahrgänge 2001-2004)

Natalie Drescher

Und sie hoben ihre Gläser

»They're sharing a drink they call loneliness but it's better than drinking alone.«
Billy Joel in »Piano Man«

Die Tür gab ein klickendes Geräusch von sich, als sie zufiel, untermalt von den Schritten eines großen Mannes, der auf den Tresen zusteuerte. Schwer seufzend ließ er sich auf einen der vielen leeren Barhocker fallen.

Nur rechts von ihm saß ein Mann mit Hut, der niedergeschlagen sein Bier schwenkend auf ein Foto sah. »Ich nehm' ein Radler«, rief der Riese mit Dreitagebart dem Barmann zu und blickte auf seinen Sitznachbarn. Als er das Bild eines etwa fünfzehnjährigen Mädchens bemerkte, zog sich sein Bauch schmerzhaft zusammen. »Deine Tochter?«, fragte er leise.

Der Hutträger antwortete schnell, bemüht, laut genug zu sprechen. »Schön wär's, meine Patentochter. Ich habe keine Kinder.«

Neugierig sah der Bärtige ihn an. »Warum nicht?«

»Ich habe wenig Zeit und meine Frau möchte keine Kinder. Was ist mit dir?«

Hastig sah der Große auf den Boden. »Ich bin chronisch unfruchtbar«, antwortete er zögernd, »meine Freundin hat mich deshalb verlassen. Ihr Kinderwunsch war für sie das Wichtigste.« Voller Mitgefühl sah sein Gegenüber ihn an. »Dass ich auch schon immer Kinder haben wollte, hat sie dabei eher weniger interessiert.«

Der Barmann stellte das Radler vor ihm auf den Tresen und er trank ein Viertel des Glases in einem Zug aus. Als er schluckte schloss er die Augen und stellte dann das Glas zurück auf den

Bierdeckel. Nach kurzem Überlegen streckte der kleinere Mann ihm die Hand entgegen. »Steffen.«

Freudig lächelnd erwiderte der Andere die Geste. »Markus.«

Steffen bestellte den beiden zwei Bier, weil Markus' Radler nach einem weiteren Riesenschluck beinahe leer war und sein eigenes Glas soeben die letzten Tropfen hergab.

»Du sagtest, du hast keine Zeit für Kinder, warum nicht?«

Steffen ließ kurz den Blick durch die Bar schweifen, bevor er antwortete. »Ich bin Bankkaufmann, da hat man ohnehin schon viel zu tun, und mein Chef liebt es, mich zusätzlich mit Arbeit zu überschütten.«

Verständnisvoll sah Markus ihn an. »Wenn du jetzt zehn Jahre nicht arbeiten müsstest, was würdest du tun?«

Es dauerte keine Sekunde, bis Steffen antwortete: »Kinder bekommen!«

»Aha«, Markus musste grinsen, »und warum machst du nicht mal eine Pause, wenn du doch so gut verdienst, um dich auf deine Familiengründung zu konzentrieren?«

Steffen wandte seinen Blick ab und schaute dem Barmann zu, der gerade die zwei Gläser vor ihnen abstellte. »Wie gesagt, Vera möchte keine Kinder.«

Leise setzte Markus erneut an: »Hast du sie mal gefragt, warum?«

Steffen trank einen Schluck und drehte sich dann wieder seinem Gesprächspartner zu. »Sie sagt, wenn man Kinder bekommt, sei das Leben vorbei.«

»Nicht, wenn man vorher keins hatte«, murmelte Markus leise und hob verärgert sein Glas.

»Was soll das denn bitte heißen!?«, erwiderte Steffen gereizt.

»Du hast zwar einen gut bezahlten Job, aber praktisch keine Freizeit. Du hättest so gerne Kinder, aber deine Frau will keine. Du bist unzufrieden, das ist kein Leben!« Steffen schluckte und schaute auf seine Hände. Markus' Miene wechselte von empört zu mitleidig. »Entschuldige, das war etwas hart ausgedrückt. Ich …«

»Nein, du hast ja Recht!« Steffens Stimme wurde ruhig. »Leider.«

Eine Weile schwiegen die beiden und tranken ihre Biere leer. Nach ein paar Minuten setzte Steffen erneut an. »Was ist mit dir? Was arbeitest du?«

Markus stöhnte auf. »Ich bin momentan arbeitslos, was mir Mike auch ständig vorhalten muss.«

Steffen wurde hellhörig. »Wer ist Mike?«

»Mein Mitbewohner und bester Freund. Wobei ich ihn eigentlich nicht so nennen sollte.«

»Wieso nicht?«

»Er ist eigentlich kein besonders guter Freund. Er hört mir zwar zu, aber ich habe das Gefühl, er interessiert sich insgeheim überhaupt nicht für mich. Manchmal kann man mit ihm total gut lachen und dann wiederum findet er mich und meinen Humor albern oder kindisch. Aber was dem Ganzen die Krone aufsetzt, ist, dass er sich mir überlegen fühlt, weil er doch ach so viel erlebt hat, so viel mehr Können hat als ich und ich überhaupt zu unerfahren bin. Die meiste Zeit leben wir aber einfach nur aneinander vorbei und unterhalten uns wenig. Ich könnte genauso gut alleine wohnen, es würde keinen Unterschied machen.«

Steffen war ganz still geworden. Er hatte aufmerksam zugehört, als ihm der Gegenüber sein Herz ausschüttete. »Das Gefühl habe ich bei Vera auch manchmal.«

Der Barmann stellte den beiden neue Getränke auf den Tresen, diesmal zwei Radler. Markus hatte sie bestellt, damit Steffen auch mal eins probierte. Dieser sah zu Markus und ergriff wieder das Wort. »Lass uns anstoßen.«

Markus nickte und sie hoben ihre Gläser. »Auf die Einsamkeit …?«

»Auf Einsamkeit.« Die Beiden stießen an, tranken ihre Gläser in einem Zug aus und stellten sie wieder zurück. Dann schwiegen sie wieder, etwas betreten.

»Macht es dir denn wenigstens Spaß?«, fragte Markus irgendwann aus dem nichts.

»Was?« Steffen war verwirrt.

»Dein Job, Bankkaufmann.«

»Es war nie mein Traumberuf, aber dann habe ich per Zufall ein gutes Studienangebot bekommen, und das Gehalt ist schon nicht schlecht.«

»Was wäre denn dein Traumberuf?«, fragte Markus interessiert.

»Als Kind wollte ich immer Geologe werden, weil mich die Steine neben unserem Gartenweg so fasziniert haben. Später fand ich dann Historiker verlockend. Ich habe Tag und Nacht Geschichtsdokus geguckt, hatte in den Klausuren nur Einsen und habe unseren Garten umgegraben, bis ich etwas gefunden habe.«

Markus sah ihn neugierig an. »Und?«

»Was ›Und‹?«

»Na, was hast du gefunden?«

Bei dem Gedanken an seinen ersten Fund musste Steffen grinsen. »Eine alte Sicherheitsnadel.« Markus stieß ein lautes Lachen aus. Steffen grinste immer noch. »Ja, okay, es war nicht der bedeutendste Fund, aber mit 13 habe ich mich da sehr drüber gefreut!«

Markus hatte aufgehört zu lachen und sah Steffen aufmerksam an. »So wie du gerade grinst und deine Augen strahlen, wenn du davon erzählst, würdest du eigentlich immer noch am liebsten Historiker sein, hab ich Recht?«

Steffens Grinsen erstarb. »Ich kann es mir nicht leisten einen schlechtbezahlten Beruf auszuüben, wir brauchen das Geld!«

Markus sah ihn missbilligend an. »Sagst du das oder Vera?«

Kleinlaut antwortete Steffen. »Ich. Vera weiß nichts von meinem

Traumberuf.«

Jetzt machte Markus große Augen. »Du hast ihr nie davon erzählt!?«

»Ich sag ja, wir reden nicht sonderlich viel.« Steffen spielte mit seinem Bierdeckel.

»Bevor Feli wusste, dass ich ihr ihren Kinderwunsch nicht erfüllen kann, haben wir viel geredet. Irgendwann musste ich es ihr dann erzählen und seitdem war sie oft sehr ruhig. Bis sie mich dann verlassen hat. Ich bin extra mit ihr in ein Heim gegangen, um sie zu überzeugen, dass sie Kinder nicht selbst gebären muss, um sie zu lieben, aber selbst Maja konnte sie nicht umstimmen. Sie ist trotzdem gegangen.«

Steffen blickte auf. »Wer ist Maja?«

Markus, der auf den Boden schaute, begann zu lächeln. »Maja ist eine quirlige und lebensfrohe Fünfjährige aus dem Heim. Sie ist ein Schatz.«

»Warum hast du sie dann nicht adoptiert?«

Markus sah Steffen verdutzt an. »Ich habe dir doch gerade erzählt, dass Feli Maja nicht wollte und gegangen ist.«

Wieder wurde Steffens Miene ernst. »Nein. Ich hab gefragt, warum DU sie nicht adoptiert hast. Feli ist weg. Vorbei, Aus, Ende. DU möchtest eine Tochter, und DU kannst Maja ein liebender Vater sein. Was spricht dagegen?« Hastig sah Markus auf die Uhr über der Tür und sprang auf.

»Shit!«

Verwirrt folgte Steffen seinem Blick. »Was ist denn jetzt los?«

Markus antwortete, während er seinen Reißverschluss zuzog. »Wenn ich nicht in 24 Minuten im Heim bin, muss ich eine Woche warten!«

Jetzt musste Steffen grinsen. »Bist du Dienstag wieder hier?«

Schon in der Tür stehend rief Markus zurück: »Jo, bis Dienstag!«

Vera Wettstein

Wer blickt aus der Leere zurück

Dunkelheit--

Eine Uhr fängt an, aufreizend langsam zu ticken

Ein quadratischer, steriler Raum wird langsam erhellt. An jeder Wand stehen große Spiegel, in der Mitte eine Person, die sich darin spiegelt und doppelt spiegelt

Sie setzt sich hin.

Neutrale, trockene Stimme (v. o.)

Sie sehen mich nicht

Die Uhr tickt weiter--

Die Person steht auf. Sie geht zu einem der Spiegel, langsam, mit angespanntem Gesicht, sie bleibt vor dem Spiegel stehen und hebt eine Hand für ein müdes trauriges Winken, die Spiegelbilder tun es ihr gleich. Sie lässt die Hand wieder runter. Sie schaut ihrem Spiegelbild in die Augen

Stimme Hallend (v. o.)

Wer seid ihr?

(Überlappend)

Sie sehen mich nicht

Sie sehen dich nicht

Sehen

Nicht

Nicht

Mich

Die Uhr tickt weiter.

Die Person hebt langsam ihre Hand, sie nähert sie dem Spiegel. Je näher sie kommt, desto mehr beschleunigt die Uhr ihr Ticken, sie wird immer schneller

und

schneller

Das Spiegelbild berührt den Finger,

ein Finger berührt das Spiegelbild,

ein Finger hat das Spiegelbild berührt.

Stille.

Alle Spiegelungen verschwinden.

Stimme (v. o.)

Seht ihr mich?

Dunkelheit--

Die Uhr fällt zurück in ihr langsames Ticken.

Ende.

3. Platz in der Altersklasse U18

Eric Huland

Lusekofte – Ein Herbstmärchen über Nähe

An jenem frühen Morgen, nachdem ich die erneute, allnächtliche Verwandlung erfahren hatte, umspielte und berührte mich die einfallende feuchte Kühle, die es nur in den ersten Tagen des noch jungen Herbstes gab, wenn dieser den vollends entschwundenen Spätsommer ausprobierend und pubertierend abzulösen vermochte.

Langsam, fast schleichend hatte sich in der nächtlichen Dunkelheit die kalte Herbstluft strömend durch das von mir aus Gewohnheit an die sommerlichen, lauen Nächte stets geöffnete Fenster nach mir suchend in meinem Zimmer ausgebreitet. Anders als der mit unwirscher Frostigkeit grobschlächtige Winter hatte der noch junge Herbst sich jedoch eher leichtfüßig mit sachter Frische vorsichtig tastend zu mir hinbewegt, um mich behutsam streichelnd und kosend zu wecken.

Die alte Angewohnheit aus meiner frühesten Kindheit, meine Bettdecke nachts wegzutreten, vermochte ich bislang nicht abzulegen, dennoch war es stets kein Zeichen eines unruhigen Schlafes, sondern vielmehr eine Spur meines Drangs nach nächtlicher Erneuerung, und die wärmende Bettdecke gehörte für mich nun einmal zu den am vorherigen, vergangenen Abend angelegten Mitteln der nächtlichen Verwandlung, von denen ich mich nach meiner erfolgreichen, allnächtlichen Renovation zu entledigen wusste. Und so lag meine Daunendecke – wie an jedem Morgen – nun abgestreift wie ein nicht mehr benötigter und überflüssiger Kokon neben meinem Bettgestell.

Daher hatte der kühle Atem des jungen, unbefangenen Herbstes leichtes Spiel mit mir und strich mir nun fast spielerisch erst hier, dann dort über die Haut meines freigelegten Körpers, sodass ich die zarte Berührung seines Odems noch im Übergang vom Schlaf zum Wachsein spürte und verführt zuließ, dass die Frische sich bis in meinen Kopf ausbreitete. Seine Kühle war keineswegs unangenehm, wies diese doch eindeutig auf meine Lebendigkeit hin.

Augenblicklich nahm ich auch den leicht rauchigen, herben Geschmack der nahen Räucherei und die ewig kreischenden Möwen wahr, öffnete langsam die Augen und sah zunächst den Kokon der abgeworfenen Bettdecke neben meinem Bett. Meine allnächtliche Metamorphose war auch diese Nacht wieder geglückt.

Statt meiner Decke lagst Du, meine geliebte Lusekofte, eng neben mir, zärtlich und wohlig, dennoch körperlich und präsent, durchaus fast neckisch an mich geschmiegt, ein Sinnbild von Nähe und mehr als ein Versprechen von inniger Wärme. Vorsichtig und kaum merklich strich ich mit meinen Fingerspitzen über deinen feinen, weichen und samtigen Körper.

Ich konnte es nicht lassen, meine Nase förmlich in dir zu vergraben und deinen zarten und dabei gleichzeitig natürlichen, unverfälschten Wohlgeruch, der jeder Faser von dir betörend entströmte, begierig in mich aufzunehmen; nicht jedoch etwa durch plumpes Riechen, das der Erfassung der üblichen, alltäglichen und profanen Gerüche diente und das, da es kaum gerochen war, schon ohne jegliche Anhaftung aus dem Gedächtnis vergangen und gelöscht wurde, sondern vielmehr durch feinstes Erfühlen und Empfinden meiner Nase nahm ich dein sinnliches Parfüm in mich auf und ließ es so Teil von mir und meinen Erinnerungen werden.

Wem schon einmal in seinem Leben vergönnt war, Düfte mit seiner Nase zu fühlen, der behält diese unbeschreibliche Empfindung ein Leben lang. Auch Jahrzehnte später bedarf es nur des kleinsten Hauchs, einer Andeutung des damaligen Odeurs und schon erscheint die ursprüngliche, wahre Erinnerung vollends mit allen Empfindungen und Gefühlen, im Gegensatz zu den sonstigen gewöhnlichen, ordinären Rückschauen unseren Gedächtnisses, nicht etwa grau und dunkel, sondern in den hellsten Farben und Tönen.

So hatte ich nun auch deinen Wohlgeruch erfühlt, in mir aufgenommen und für immer und ewig zu einem Teil von mir geformt.

Es war gestern nach einer Feier im Freundeskreis sehr spät geworden und eigentlich solltest du, liebe Lusekofte, jetzt nicht neben mir liegen. Wenn meine Eltern Dich so in meinem Bett sähen, gäbe es wieder einen energischen Disput.

Meinem Vater ging es stets nur um Regeln und Ordnung, die zwanghaft sein Gerüst bildeten, um das Leben einigermaßen auszuhalten, und ohne die er verloren umherirren würde. Da ich aber recht großzügig im Entwicklungsfeld der Ordnung war, betrat er meine »Räuberhöhle«, wie er regelmäßig mein von Chaos triefendes Zimmer nannte, so gut wie nie. Nein, von ihm ging nun keine Gefahr aus.

Schwieriger war da schon meine Mutter, die dich eigentlich seit dem Augenblick, als sie dich zum ersten Mal gesehen hatte, nicht mochte. Du wärest zu kratzig und spröde und nicht gut genug für mich, ihren Sohn. Wahrscheinlich wollte sie dich, einer Art mir unbekannten und selbstverständlich auch gleichgültigen Endogamie folgend, selbst auswählen, so wie es wohl in Urzeiten Sitte gewesen sein mochte.

Am schlimmsten waren jedoch meine sogenannten Freunde, die dich strikt und starr zurückwiesen. Nach ihrer Aussage klebtest du nur ständig an mir, dabei war ich es doch, der an dir hing und sich ein Leben ohne dich nicht mehr vorstellen konnte. Als ich dich zum ersten Mal im Konsumtempel erblickte, verliebte ich mich sofort in dich. Wie jede Zuneigung keiner Begründung bedarf, war auch meine Empfindung für dich nicht in Worte zu fassen oder gar beschreibbar.

In den Augen meiner Schulkameraden warst du mir zu nahe gekommen, sodass du aus ihrer Sicht möglicherweise eine Gefahr für die Freundschaft zwischen ihnen und mir darstellten konntest. Wahrscheinlich war es jedoch ihre dumpfe Schlichtheit und Oberflächlichkeit, die dich aufgrund deiner norwegischen Herkunft missbilligten. Doch dadurch, dass sie dich ablehnten, drückten sie auch ihre Verachtung mir gegenüber aus, denn du warst ja nun ein Teil von mir.

Das einzige, ehrliche Gemeinsame zwischen ihnen und mir war unsere stete Einsamkeit, auch wenn diese von jedem von uns anders erlebt wurde, und so verband uns nur die blanke Inhaltslosigkeit und essenzielle Unwichtigkeit, derweil im Kern die in uns inne wohnende, individuelle und wahre Leere herrschte.

Während also an der Oberfläche die vergängliche, bedeutungslose Gemeinsamkeit erschien, bestand das Skelett eines jeden von uns aus bleibender Isolation, deren individuelle Unterscheidbarkeit nur für einen geübten philosophischen Forensiker – nennen wir ihn ruhig Friedrich N. – sichtbar sein würde.

Einsam war ich sicherlich,
verlässlich nicht sicher,
aber sicher war ich nicht verlassen.

Natürlich ist Oberfläche oder Oberflächlichkeit gewiss nicht schlecht, so schauen wir doch lieber in hübsche Gesichter als in die harten Totenschädel der Skelette, so ist es nun einmal im Leben.

Wer liebt sie nicht, die Oberfläche des weiten Meeres, ob tosend und brausend oder aber gleichförmig taumelnd, erlebt von einem schwankenden Segelboot etwa, ohne an die einsame, darunterliegende, schwarze Tiefe zu denken.

Es ist wie mit den Regentropfen, die, einsam vom Himmel fallend, sich als Kugel schützend zusammenziehen und dabei wohl wissend sind, dass sie beim Auftreffen in der Pfütze in der Gemeinschaft der anderen Tropfen auf- und nicht untergehen und sich letztendlich aufgrund der Entropie nicht mehr in ihre alte, einsame Form wiederaufspalten lassen. Und so war es nun auch mit mir, da ich froh war, Teil der Gemeinschaft meiner Familie und Freunde zu sein, sei diese noch so oberflächlich.

Die Entropie führte nun auch dazu, dass sich die Herbstkühle nun schließlich, jedoch nicht mehr als Frische, sondern als klamme Kälte in meinem Zimmer weiter ausbreitete, mich umschloss und leicht erzittern und frösteln ließ. Wie in jedem Jahr täuschte der Frühherbst mich zunächst mit lockender Frische, um mich dann mit stacheliger Kälte zu überraschen und zu überlisten.

Ich bedurfte nun deiner Nähe, deiner Wärme und deiner Geborgenheit. Begierde und Verlangen nach Vereinigung ergriffen mich, fast schämte ich mich meiner Selbstsucht, und dennoch brauchte ich genau dich jetzt.

Ruhig und behutsam kam ich dir nun noch näher, so wie ich es schon oft getan hatte, und glitt schließlich vorsichtig in dich hinein, um durch unsere Verschmelzung eine Einheit mit dir zu werden. Noch im selben Augenblick durchflutete mich eine wohlige Wärme, die die Herbstkälte auszusperren vermochte, und wenn es eine Zweckhaftigkeit zwischen uns gab, so war es wohl genau dieser Moment.

Das Gefühl deiner engen Nähe half mir, nicht nur dich, sondern auch mich selbst wahrzunehmen und die Lebendigkeit meines Daseins in allen Farben und Formen zu erfassen. Wie sonst sollte ich mich selbst entdecken?

Mühselig drehten wir uns auf die Seite, so dass ich nun langsam, ja ganz langsam und äußerst gefühlvoll deine hölzernen Knöpfe Stück für Stück schließen konnte.

Es ist schön, dass es dich gibt, meine Lusekofte.[1]

---

[1] Der Begriff »Lusekofte« stammt aus dem Norwegischen und bedeutet »Strickjacke«.

Dilara Cankaya

Mein Teppich voller Sorgen

Stille. Nur das vertraute Ticken der Uhr. Zwischendurch vielleicht auch mal der Straßenverkehr. Eher unwahrscheinlich. Sonst endlose Stille. Wie viel Zeit war vergangen? Zehn Minuten? Oder doch schon zwei Stunden? Ich hatte schon längst aufgehört die Minuten zu zählen. Jetzt wartete ich nur noch. Auf einen Anruf. Auf eine Nachricht. Auf das vertraute Geräusch der sich vorsichtig öffnenden Haustür. Oder vielleicht wartete ich auch auf das leise Quietschen meiner Zimmertür, dann das »Es tut mir leid … Schlaf gut.« Ich war mir nicht mal mehr sicher, wieso oder warum. Jetzt wartete ich nur noch. So wie jeden Tag. Wartete, dass etwas passierte. Wartete, dass sich etwas änderte. Doch jedes Mal fiel meine Zimmertür wieder zu. Dann nichts. Erneute Stille.

Am nächsten Morgen wachte ich auf, nicht geweckt von einem Gesicht mit herzlichem Lächeln und dem Duft einer warmen Mahlzeit, sondern allein. Immer wieder allein. Wieso wartete ich dann noch? Aus Zuversicht? Hoffnung? Oder purer Verzweiflung? Genau, das musste es sein! V E R Z W E I F E L U N G. Bis heute hatte sich nie etwas geändert und ich wartete trotzdem wie eine Vollidiotin. Seufzend griff ich nach meinem Handy, um es einzuschalten. Das grelle Licht blendete mich, ehe ich mich daran gewöhnte. Nichts. Keine verpassten Anrufe. Keine neuen Nachrichten. Abermals nichts. Enttäuscht ließ ich mein Handy neben mir aufs Bett plumpsen bis ich mich zum Aufstehen aufrichtete. Normalerweise wäre es vermutlich schwer, im Dunkeln durch sein Zimmer zu tapsen, aber ich hatte mich daran gewöhnt. In der Küche angekommen, tastete ich nach dem Lichtschalter. Abermals musste ich mich an das helle, weiße Licht gewöhnen. Die Uhr zeigte mir an, dass es bereits zwei Uhr in der Früh war. Im selben Zuge merkte ich, wie ich bereits müde geworden war. Dennoch konnte ich jetzt noch nicht schlafen. Es war noch viel zu früh. Einschlafen würde ich eh noch nicht. Es würde mich innerlich plagen, zu wissen, dass ich es verpasst hatte: Das Öffnen der quietschenden Tür und das reuevolle »Gute Nacht«. Dann hätte ich umsonst gewartet.

Gähnend griff ich nach meinem Glas und füllte es am Wasserhahn auf. Als ich das Glas an meine Lippen ansetzte, fiel mein Blick auf die allbekannten Fotos am Kühlschrank. Die meisten davon bildeten uns beide ab. Auf einem erhellte ein breites Lächeln mein Gesicht. Damals war ich sorgenlos und glücklich. Damals war ich aber auch noch nicht auf mich allein gestellt. Meinen Blick abwendend stellte ich mein Glas auf dem Tresen ab und begab mich wieder in mein Zimmer. Tiefe Schwärze und Dunkelheit umgaben mich erneut. Automatisch griff ich nach meinem Handy und entsperrte das Display. Ein Anflug von Glück und Hoffnung überkam mich, als ich wahrnahm, dass ich eine neue Nachricht hatte. Voller Vorfreude öffnete ich diese.

»25% Rabatt auf Hygiene-Artikel – gemeinsam sind wir stark«. Eine weitere Spam-Mail. Meine Freude verflog so schnell wie sie gekommen war und verwandelte sich in Enttäuschung. Genervt löschte ich die Mail. So ein Schwachsinn. Es war einfach zu sagen, wir seien »gemeinsam stark«, wobei wir doch alle innerlich einsam sind. Eine einzige Lüge. Pure Werbestrategie. Immer dachte jeder nur an sich selbst und sein Eigenwohl. Wenn sich irgendjemand um ein »gemeinsam« gekümmert hätte, dann säße ich hier nicht mutterseelenallein. Erneut dieses beklemmende Gefühl in meiner Brust. Plötzlich überkam mich diese unergründliche Tiefe: Denn auch wenn man alle seine Probleme, Ängste, Beschwerden und Sorgen unter den Teppich kehrte, blieben sie anfangs vielleicht verborgen, doch über die Zeit stauten sie sich immer mehr an und der Berg der Verzweiflung unter dem Teppich wuchs immer höher. Weiter, höher, größer. Bis man es irgendwann nicht mehr verstecken, nicht mehr ignorieren konnte. Irgendwann war alles zu viel. Die ganzen Probleme und Sorgen holten einen ein, schließlich ließen sie sich nicht ewig verdrängen. Klar, vor Problemen wegzurennen, war noch nie eine Option. Hoffnung stirbt zuletzt, aber irgendwann stirbt auch sie.

Alle Hoffnung wich dieser unendlichen Dunkelheit, als ich begriff: Die Tür wird sich nicht öffnen, nicht quietschen. Nicht heute, nicht morgen und auch nicht übermorgen. Alles, was blieb, war ich und mein Teppich voller Sorgen.

Ich drehte mich auf die Seite und schloss die Augen, ehe ich langsam in den Schlaf sank.

Allein.

5. Platz in der Altersklasse U18

Lino Goldbeck

Bergluft

Einen Menschen abpassen
Gemeinsam stehenbleiben
Abseits des Gebirgspasses
Sich gegenseitig anblicken
Das passt hier nicht her
Wir sind glücklich, wenn wir einen Laufpass bekommen
Ich muss jetzt auf der Stelle weiterlaufen!
Auf dem Weg meine ich – nicht auf der Stelle
Auf der Stelle laufen hieße im Weg stehen und das wollen wir alle
    nicht
Wir halten lieber den Atem an, ob es auch möglich ist, an uns
    vorbeizukommen
Das ist uns wichtig, dass immer ein Mensch bei uns vorbeikommt
    und unser Laufen registriert
Unseren Laufpass registriert
Sonst hätten wir auch gar keine Versicherung
Ob wir überhaupt auf dem Gebirgspass laufen oder ihn verpasst
    haben
Ob unser Laufpass nicht schon abgelaufen ist
Mit dem Laufpass können wir jederzeit ausweisen
Uns ausweisen
Aber vor allem auch andere ausweisen
Die Kreaturen, die uns im Wege stehen
Wirklich mitgelaufen sind sie nie
Sie bemühen sich immer

Aber sind doch zu langsam
Uns viel zu langsam
Im Vergleich zu uns so langsam, dass sie uns stehend vorkommen
Uns im Wege stehend
Diese Kreaturen müssen wir dann vom Laufpass verweisen
Wir wollen schließlich immer weiter den Pass nach oben
Aufsteigen
Hochlaufen
Ihrer Langsamkeit wegen laufen wir diesen Kreaturen aber immer
       wieder auf
Und wir wollen niemandem auflaufen
Bei niemanden auflaufen auch
Mitlaufen ja
Auflaufen nein
Sonst würden wir noch stehen bleiben
Reflexartig
Uns anblicken
Diese Kreaturen müssen ins Tal zurück
Karg, rau, ruhig – still ist es dort
Zu laut ist es ihnen hier oben
Der Wind geht für sie zu schnell
Hier oben geht der Wind nicht; er läuft, er rennt
Aber so allein dort unten im Tal halten sie es auch nicht lange aus
Dann versuchen sie wieder zu uns zu stoßen, wir stoßen sie aber
       weg
Die wollen wir hier gar nicht sehen
Die können wir hier gar nicht mehr sehen
Im Übrigen sehen wir hier oben gar nichts
Wir stoßen sie auch nicht immer absichtlich weg

Aber wer zu langsam läuft, wer gegen das Laufgebot verstößt, wird
    automatisch, selbstverständlich, ganz naturgemäß weggesto-
    ßen, verstoßen
Wir wissen ja auch, dass das Laufen anstrengend ist
Wir, die immer schon laufen, wissen das am allerbesten
Wir konnten den Berg nie umgehen
Den konnten wir immer nur umlaufen
Umlaufen nicht – nein dazu sind wir hier viel zu beschäftigt
Die Luft hier ist viel zu dünn und sie wird, je höher wir kommen,
    immer dünner
So dünn ist sie schon, dass wir gar nichts mehr sehen können
Wir sind auch viel zu angestrengt, um uns umzusehen
Deswegen ist es auch so wichtig, dass keine Kreatur im Weg herum
    steht
Diese Luft geht eben nicht für alle
Aber alle brauchen sie
Dieser Luft zu entlaufen ist unmöglich
Kein Mensch entläuft der Bergluft

Emma-Lee Bunk

Nie mehr allein

Der schwarze Regen in der dunklen Nacht
Getränkt von Dreck, von Schmutz und Leere
Die nassen Tropfen fallen, stürzen schwere
Sie sinken weiter – lautlos, ohne Acht

Der leise Wind verwuschelt sanft mein Haar
Er zart und sachte meine Zukunft singt
Er sorgt dafür, dass sie viel Gutes bringt
Das neue Leben ist bereits ganz nah

Es kommt mit Freude, lautem hellem Jubel
Die Angst, sie weicht dem bunten Trubel
Mir fällt von Herzen welch bleierner Stein

Er fällt, es verstummt meines Körpers Geschrei
Das Dunkle ist fort, ich bin endlich frei
Zufrieden und nie mehr allein

Pippa Daube

Blick im Getümmel

Niemand hört ihn. Lärm des Großstadtgetümmels.
Kopfhörer auf, Musik an, Leben aus.
Jeder für sich.
Was ist schon Liebe? Was nützen uns Freunde und Familie?

Ein Mann und eine Frau, die sich begrüßen. Vielleicht Arbeitskollegen.
Sie verziehen ihr Gesicht zu einem Grinsen, so breit, dass ich alle
Zähne zählen kann.
Sie reden, aber es ist als wäre eine Mauer zwischen ihnen.
Die Augen aufgerissen und leer. Der Blick wandert ständig, bleibt
nicht beim Gesprächspartner.
Nach fünf Minuten, wenn das oberflächliche Gerede über Wetter
und Verkehr aufgehört hat und eine unangenehme Stille entsteht,
zeigen die beiden sich gegenseitig noch einmal ihr gequältes Lächeln
und trennen sich wieder.

Ich schaue mich um. Rechts, links.
So viele Menschen, und doch fühle ich mich alleine.
Wie ein Ameisenvolk. Zusammen und doch alleine.
So ist es doch, oder nicht?!
Ich lasse meinen Blick erneut schweifen und entdecke ein bekanntes
Gesicht in der Menge.

Eine zufällige Begegnung, die alles ändert.
Wir lächeln uns an.
Das erste echte Lächeln des distanzierten Abends.

Emilia Eggers

Gemeinschaft vom Alleinsein

Schon eine gefühlte Ewigkeit sitze ich hier und starre die Spitzen meiner kleinen roten Schuhe an. Ich spüre, wie ich meinen Kuschelteddy fest umarme und fühle sein flauschiges Fell und die schmale Schleife, die ich ihm gestern umgebunden habe.

Längst bin ich mit meinen Gedanken abgeschweift und zu Überlegungen übergegangen, wie ich wohl in den großen schwarzen Schuhen von der Dame dort drüben aussehen würde. Ich merke, wie ich dabei nervös die Schleife meines Teddys aufziehe.

Die anderen Gesichter, die diesen Raum mit Geräuschen und regendem Leben erfüllen, sind für mich schon lange in den Hintergrund gerückt und trennen sich von mir durch eine imaginäre Nebelwand, die ich selbst errichtet habe. Manchmal, wenn mich eine Welle von Gemeinschaft und Zugehörigkeit überrollt, fange ich an, meine Nebelschicht zu durchdringen, die sich wie eine große Blase um mich herum aufgebaut hat.

Doch dann blicken mich diese Köpfe an, die so ein breites Lächeln im Gesicht tragen, was für mich wie ein großes Pflaster für eine tiefe Wunde wirkt.

Als Zweites stelle ich dann meistens fest, dass meine Rollenaufteilung, die ich am Anfang intuitiv jedem Mitglied des Treffens zugeteilt habe, aufgeht und freue mich erst kurz über mich selbst, bis ich feststelle, wie traurig einschätzbar und durchsichtig doch viele Menschen sind.

Da ist die eine, die ihre Geschichte blumig ausgeschmückt hat und sie wie ein gut endendes Märchen erzählt, da sind die anderen, die ihr voller Mitgefühl und Zustimmung zunicken, da ist die eine, die sich traut, einen frechen und hinterfragenden Kommentar abzugeben und dann sind da die, die ungestört über ein anderes Thema diskutieren.

Und irgendwo in diesem ganzen Tumult und Wirrwarr sitze ich, diejenige, die weder halb bewahrheitete Geschichten erzählt noch zustimmend nickt, sondern sich lieber hinter ihrem irrealen Vorhang versteckt und diese ganze Gesellschaftsform hinterfragt, die Gemeinschaft vom Alleinsein.

Denn was sollen diese Austausche, Unterhaltungen, in denen man alles ein bisschen besser darstellt, um den anderen doch ein wenig neidisch zu machen. Was soll dieses Zusammensitzen, in dem sowieso jeder nur die halbe Wahrheit erzählt und doch nicht meint zu lügen, und was sollen diese ganzen Geschichten von einem perfekten Leben, wenn hinter dem mühselig aufgebauten Gerüst das Haus kurz vorm Einstürzen ist.

Warum machen wir das und noch viel schlimmer, warum nennen wir das Gemeinschaft? Ist da nicht jeder allein?

Diese Gedanken bauen sich in mir auf, so wie ein Topf voller Wasser langsam zu köcheln beginnt, und jedes weitere Zustimmungsnicken von einer Person, der man ansieht, dass sie das, was sie gerade vorgibt, zu meinen, nicht so sieht, ist für mich ein weiterer Tropfen Öl ins heiße Feuer.

Doch diese auflodernde Flammenwand erlischt schnell und zerfällt in die Tiefe der Trauer.

Denn das, was wir uns gegenseitig antun, muss uns nicht wütend machen. Es sollte uns traurig und enttäuscht werden lassen.

Denn mit dem übermäßig positiven Funken von Kreativität in unseren Geschichten, Meinungen und Weltansichten, werden wir uns nicht gemeinsam an die Hand nehmen, sondern treiben uns selber in die Einsamkeit.

Ab diesem Zeitpunkt hat sich mein Nebel wieder verdichtet. Ich kann nur noch schemenhaft Silhouetten erkennen und dumpf das Gelächter der anderen erahnen.

Jetzt sitze ich hier, gucke wehmütig auf die Spitzen meiner kleinen roten Schuhe und höre mich ganz leise nuscheln: »Mami, muss ich auch so werden?!«

Ingmar Frey

Die Küchenuhr

Nach einer gleichnamigen Kurzgeschichte von Wolfgang Borchert

Sie sahen ihn schon von Weitem auf sich zukommen, denn er fiel auf.

alt Hand trägt verschollene Zeit
schiefes Lächeln dringt in Herzen der Runde
freudig präsentiert er Uhr und Leid
schweigen und schlucken bei solch schrecklicher Kunde
liebevoll streicht er über blau-weiße Erinnerung
Menschen verstummen, denn sie fühlten es auch
wie kann jung so alt sein?

Schluss um halb drei,
kaputt und wertlos, dennoch wertvoll
keine Bombe, kein Krieg, nein
bloß Stille um halb drei
es war Liebe um halb drei
Geborgenheit und Familie um halb drei
»So spät wieder?«

Stille!
Lächeln spiegelt sich im Zeugen
Eltern gibt es keine mehr
Schützling kann es nicht leugnen
Blicke fliegen, doch kreuzen ins Leer'
Blicke suchen und werden schwer

das Paradies ist nicht selbstverständlich
fehlende Wertschätzung sein Ende
wenn es fehlt, sieht man das Unvollständige

Erinnerung ist das Leben nach dem Tod
man braucht das Werkzeug zum Weg
er scheint verrückt, doch hat ihn gefunden

sie dachten immerzu an das Wort Paradies.

Alina Stark

Irgendwo gemeinsam einsam sein

Ich schiebe mir die Kopfhörer in die Ohren und die Melodie der Realität versinkt. Das Flüstern des Windes, das zu einem Rauschen aufbraust; die Stimmen der Wartenden und Ungeduldigen weiter vorne und irgendwo hinten auf dem Bahnsteig; das Geräusch von Schuhen auf dem kalten Stein, wie ein stetiger Takt; all diese Dinge fließen zu der Melodie zusammen, die ich ausblende und durch meine eigene ersetze.

Die Bahn kommt zum Stehen und mein Lieblingslied beginnt, durch meinen Kopf zu hallen. Dann steig ich ein.

Sieben Schritte und ich sitze umringt von Leuten; sie alle sind still. Alle geben sie sich ihren Gedanken hin, die laut genug sind, um uns alle zum Schweigen zu bringen.

Die Frau mir gegenüber, die mit der weißen Bluse und Schuhen, auf denen ich selbst in zehn Leben nicht gehen könnte, diese Frau greift nach ihrem Haarband, das ihre hellen Strähnen in dem Dutt gefangen hält. Als das Haar auf ihre Schultern fällt, wende ich den Blick ab und lasse ihn durch das Abteil schweifen. Ich lasse ihn gleiten, über die Gesichter all der Fremden, die vor sich hinstarren, einander anstarren oder die vorbeijagende Realität hinter dem Fenster verfolgen.

Sie alle scheinen fort zu sein, weit weg mit ihren Gedanken und irgendwie auch mit ihren Wesen. Wir alle sind irgendwie nicht ganz hier, obwohl ich nur meinen Arm auszustrecken bräuchte, um das Knie der Frau zu berühren.

Ob es ihr was ausmachen würde? Ob sie es überhaupt bemerken würde? Oder ist sie auch dort, wo wir uns alle befinden: im Irgendwo. Dort, wo unsere Gedanken jubeln und schreien oder wo sie einfach nur vor sich hintreiben, sich mit sich selbst befassen. Dort, wo niemand von uns hinkann und wo wir uns irgendwie schon befinden.

Die Bahn hält, der Song meiner Playlist geht gerade zu Ende und die Frau auf den Niemals-in-zehn-Leben-Schuhen steht auf. Ich sehe zu ihr hinauf, einfach so. Ihre Mundwinkel heben sich leicht, einfach so. Die Türen öffnen sich, die Melodie der Realität bricht mit einem Mal in unseren Waggon, verdrängt das Ende meines Songs und lässt mich aufhorchen. Menschen strömen hinaus – die Frau verschwindet – Menschen strömen hinein – ein junger Mann, vielleicht in meinem Alter, setzt sich auf die Sitzbank rechts neben dem schmalen Gang. Sein Gesicht ist mir zugewandt und das mit einer solchen Offenheit, die mich überrumpelt, sodass ich nicht merke, wie die Bahn sich wieder in Bewegung setzt und alle damit wieder in ihre eigene Realität, die ihrer Gedanken, abschweifen.

Der junge Mann aber nicht, er schweift nicht ab. Er ist so präsent wie das Herzklopfen in meinen Ohren. Wo ist die Melodie aus meinen Kopfhörern? Ich weiß es nicht. Ich höre nur das Klopfen Klopfen Klopfen meines Herzens und sehe nur das offene Gesicht mit den dunklen Augen des jungen Mannes. Er wendet den Blick nicht ab, ich auch nicht. Wir starren uns an, aber nicht so wie die anderen, die eigentlich im Irgendwo sind. Wir starren uns an wie zwei, die im Hier sind, in der Bahn, in dieser Realität.

Gemeinsam, inmitten all der Einsamen, verbringen wir die Fahrt bis zur nächsten Station, er auf seiner Seite des Gangs, ich auf meiner. Als die Bahn erneut hält, tauchen manche aus dem Irgendwo wieder auf, blinzeln hektisch und versuchen sich im Hier zurechtzufinden.

Ich stehe dieses Mal auf, die Melodie in meinen Kopfhörern hallt wieder präsent durch meine Gedanken, genauso präsent wie der junge Mann, der keine Miene verzieht, mir aber mit seinen dunklen Augen zulächelt.

Acht Schritte, dann stehe ich auf dem Bahnsteig, bin gedanklich zurück in meiner Realität, in meinem Irgendwo, aber der Blick des jungen Mannes folgt mir. Ich erwidere ihn durch das Fenster, wünsche ihm schweigend noch eine angenehme Fahrt und hoffe irgendwie, dass er seine Präsenz behält, dass er nicht zu denen gehört, die zurück an diesen Ort gehen, an dem wir uns alle befinden, aber jeder für sich. Dort, wo wir gemeinsam einsam sind.

U14

(Jahrgänge 2005 und jünger)

Nele Regenberg

Das Tagebuch eines Fisches

Sonntag, 23. November

Wie viel Uhr auch immer ... (Eigentlich ja auch vollkommen egal.)
Hallo, ich heiße Egon. Ich bin ein Goldfisch. Ich wohne in einem
riesigen Aquarium. Bei Lady Winter.
Mein Aquarium ist voll mit Pflanzen und Figuren. Aber leider bin
ich der einzige Fisch in diesem Aquarium. Seit ein paar Wochen
schwimme ich hier nun schon herum. Ganz allein ... seufz! Jeden
Tag dasselbe. Morgens: Ein bisschen Futter. Mittags: Lady Winter
sitzt vor dem Fernseher. Abends um 17 Uhr: Teekränzchen mit
Lady Winters Freundinnen. Abends um 21.10 Uhr: Licht aus und
schlafen.

Montag, 24. November

Ebenfalls keine Ahnung, wie spät es ist. Auf jeden Fall sehr spät ...
Heute war dasselbe Programm wie gestern. Um meinen Tag etwas
abzuwechseln, habe ich ein *Lustiges Taschenbuch* gelesen und versucht,
selber einen Comic zu malen ... wieso habe ich kein Lineal?!!!!! Auf
jeden Fall hat Lady Winter heute eine neue Freundin zu ihrem Teekränzchen eingeladen. Sie scheint ganz nett zu sein. Aber man weiß
ja nie ...

Dienstag, 25. November

Immer noch keine Ahnung ... ach, ihr wisst schon, was.
Kein neues Programm. Heute habe ich versucht, mit einer Pflanze
zu boxen. Seit wann können Pflanzen so gut boxen?!!!!!!! Meine
Kiemen tun weh. Aua! Die neue Freundin von Lady Winter war

wieder da. Sie heißt Susanne Summerby und hat ein herrlich fröhliches Lachen.

Mittwoch, 26. November

Heute habe ich ein Lied geschrieben:

Ganz allein ein kleiner Fisch.
Blicke auf den Sofatisch.
Der Sofatisch ist nicht allein.
Wieso muss ich nur so alleine sein???

Nachdem ich das Lied lauthals vor mich hin geblubbert habe, hat die neue Freundin von Lady Winter – Susanne Summerby – mich ganz intensiv und von allen Seiten angeschaut. Vor Aufregung standen mir die Schuppen zu Berge.

Donnerstag, 27. November

Heute habe ich den ganzen Tag Saltos gemacht, bis mir schlecht wurde. Außerdem habe ich mich total auf das Teekränzchen gefreut, besser gesagt auf Lady Summerby.

So gegen 17 Uhr kamen dann Lady Maze, Lady Petunia und Lady Rainbow. Aber weit und breit war keine Lady Summerby. Traurig habe ich mich für den Rest des Tages hinter den Pflanzen verkrochen. Wieso ist sie nicht gekommen?

Freitag, 28. November

Zunächst fing der Tag wie jeder andere an. Morgens: Ein bisschen Futter. Mittags: Lady Winter sitzt vor dem Fernseher. Abends um 17 Uhr: Teekränzchen. Leicht verspätet um 17.11 Uhr traf Lady Summerby ein. Schnurstracks kam sie auf mein Aquarium zu. Ein wenig verwundert sah ich sie an und wedelte wild mit der Schwanzflosse. Sie kam ganz nah an meine Scheibe heran und lächelte. Während ich überlegte, ob ich zurücklächeln sollte, plumpste plötzlich etwas Klitzekleines neben mir ins Wasser. Ich drehte mich um und blickte in das schönste Goldfischgesicht, das ich je gesehen habe. Ab da begann ein völlig anderes, wunderschönes Leben.

Lisa Zhang

Lebenselixier

Eva

1

Das Messer war scharf. Es war spitz. Und unheimlich beruhigend kühl.

Eva kannte sich überhaupt nicht aus, an welcher Stelle es am schnellsten ging. Sie hatte nicht recherchiert, der Gedanke war sehr spontan gewesen. Vielleicht war ein langsamer besser? Sie würde viel, sehr viel quälende Zeit zum Nachdenken haben. Warum zögerte sie bloß? Es war nicht so, wie alle meinten. Menschen empfehlen oft Dinge, die vernünftig wirkten, doch bevor man in derselben Lage war, wusste man nie, wie es sich wirklich anfühlte. Es stimmte, sie hatte noch zahlreiche Jahre vor sich. Doch was brachten ihr all diese Jahre, wenn sie nicht mehr wusste, wie sich Glück anfühlte?

Missmutig starrte Eva aus dem Fenster. Fast schwarz wirkte der Himmel in dieser Nacht. Winzige Sterne leuchteten unschuldig zu ihr herab. Alles schien so verdammt ruhig, friedlich, im Gegensatz zu ihren Gedanken ...

Mit einem Finger fuhr sie über die Klinge. Nun klaffte eine kleine Schnittwunde an ihrem Zeigefinger. Erschrocken starrte Eva die Wunde an. Ein winziger Tropfen ihres eigenen Blutes trat hervor, im schummrigen Licht war es ebenfalls fast schwarz. Plötzlich hörte sie Schlüsselklimpern und verzweifelte Versuche, den Schlüssel in das Türschloss zu stecken. Er klackte immer wieder daneben. Metall auf Metall. Klack. Ein Fluchen. Schnell ließ Eva das Messer verschwinden und hielt sich den blutenden Finger an die Lippen.

»Ehvaa? Eva! Machst du bitte … Tür!« Ein Lallen. Mama. Vorsichtig tapste Eva in den Flur und ging dann mit lauteren Schritten so weiter, als wäre sie aus ihrem Zimmer gekommen. Ihre Mutter hatte gute Ohren und es wäre kaum zu erklären, was sie in der Küche zu tun gehabt hatte. Das einzig Nutzbare dort war die Mikrowelle. Seit ihre Mutter trank, hatte sie zudem nicht mehr aufgeräumt und Eva war irgendwann einfach nicht mehr damit hinterhergekommen. Mittlerweile aß sie eigentlich nur noch aus dem eigenen Kühlschrank. Vorsichtig machte sie die Tür auf.

»Ahhh!« Ihre Mutter stolperte hinein. »Das gute alte Zuhause. Hier ist es wohl doch am schönsten«, lallte sie. Mit schläfrigen Augen lächelte sie Eva an und setzte sich auf das durchgesessene Sofa. Es knirschte.

»Du – du hast versprochen, weniger zu trinken!« Aufgebracht nahm Eva ihrer Mutter die Flasche aus der rechten Hand. Sie tat es vorsichtig – manchmal hatte ihre Mutter noch Kraft, sie daran zu hindern.

»Evaa!«, stöhnte ihre Mutter. »Neeein! Bitte …« Sie erbrach sich direkt auf den Boden. Entsetzt wich Eva zurück.

»Mama! Bitte! Hör doch endlich damit auf, der Arzt meinte doch auch letztens …«, stockte sie. Tränen begannen, über ihre Wangen zu laufen. Mit einer Hand wischte sie sie Weg. Das Salz brannte schmerzhaft auf ihrer Wunde. Das alles machte überhaupt keinen Sinn. Sie wollte nicht schon wieder schluchzen. Nicht jeden Tag, vom Flennen bekam sie Augenringe. Nichts ergab Sinn.

»Der Arztdoktor«, lallte ihre Mutter lachend. »Idiot. Es geht mir gut. Aber für dich, meinen größten Schatz, trotzdem gerne …« Sie lächelte Eva schief und stolz an. »Du musst nur aufhören, diese komischen Laute von dir zu geben. Das tut mir nicht gut.« Der Hoffnungsschimmer in Eva erstarb im selben Moment, als er aufleuchtete. Es war eine Endlosschleife. War das Leben vielleicht einfach eine

Endlosschleife? Ihre Mutter würde morgen Nacht genauso betrunken nach Hause kommen. Beide würden denselben Text erneut aufsagen. Beide würden sich etwas versprechen und wieder brechen. Es war zum Lachen.

Eva
2

Am nächsten Tag war es sonnig. Vögel zwitscherten, überall hing ein leichter Sommerduft. Es war fast zynisch: Der Jahrestag des Verschwindens von Evas Schwester war ein goldiger, fröhlicher Tag – genauso wie ihre Schwester selbst gewesen war, bis sie verschwand. Am frühen Morgen schnitt Eva Blumen von der Nachbarin ab, die sie sowieso nie leiden konnte. Sie war keine Diebin, doch ihr Geld reichte nicht für einen Blumenladen. Eva legte ihren Strauß neben der Bushaltestelle ab. Der letzte Ort, an dem ihre Schwester gesehen worden war.

In die Schule ging Eva nicht wirklich gerne. Sie wurde nicht mehr gemobbt, aber stattdessen ignoriert. Ehrlich gesagt, wäre ihr das Mobbing fast lieber, dann wüsste sie zumindest, dass sie nicht unsichtbar war. Gefühlt war es schon immer so. Oder zumindest, nachdem Noah die Seiten gewechselt hatte.

Noah war ein Sandkastenfreund. Damals, als Eva ihre neue Schaufel verbuddelt und nicht mehr wiedergefunden hatte, hatte er ihr seine eigene gegeben. Sie hatte aufgehört, zu weinen und ihm stolz verkündet, er dürfe ihr Freund sein. Danach war er ihr einziger Freund geblieben und hatte zu ihr gehalten, bis sie auf die weiterführende Schule gekommen waren. Die Mädchen dort hatten dann begonnen, Eva gruselig zu finden. Die Jungs hatten sie seltsam gefunden. Als Noah bemerkte, dass er auch ausgegrenzt wurde, fand er Eva plötzlich »auch nicht mehr so ganz nett«. Seitdem wurde Eva nur noch ignoriert. Es war zum Verzweifeln.

Was wäre wohl passiert, hätte ich gestern nicht gezögert, schoss es Eva immer wieder durch den Kopf. Das wäre zumindest spannender gewesen als der Geschichtsunterricht. Sie wusste auf alle Fragen die richtigen Antworten, meldete sich jedoch bloß drei Mal. Ebenfalls drei Male versuchte sie, die Luft besonders lange anzuhalten, vielleicht für immer. Ihr wurde schwindlig im stickigen Klassenzimmer. Auf einmal wurde energisch an die Tür geklopft, die pummelige rotwangige Schulleiterin riss keuchend die Tür auf. Ein kalter Luftzug rauschte hinein.

»Steffi! …« Lehrerzeichensprache. Unter. Vier. Augen. Reden. Während die Lehrerinnen im Gang sprachen, brach der Tumult im Klassenzimmer aus. Johann sprang vor die Tür, »Wachdienst schieben«, Ellis kritzelte die Tafel mit unangemessenen Dingen voll. Lukas verfolgte Calvin, der ihm sein Handy geklaut hatte, Stühle wurden umgeworfen, die Mädchen begannen zu kreischen und zu filmen. Affentheater, dachte Eva. Eine Horde wilder Affen.

»SOFORT RUHE!!«, befahl in dem Moment eine bebende Stimme. Ihre Geschichtslehrerin. »Ein Schüler wird vermisst«, fuhr die Lehrerin leise fort. »Noah Jakobson. Seit heute Morgen scheint ihn niemand mehr gesehen zu haben. Wenn das ein Schülerstreich sein soll, ist das keineswegs witzig. Weiß jemand etwas von ihm?«

Ein Schauder durchlief Eva. Bei ihrer großen Schwester Ciara war es genauso gewesen. Sie selbst hatte die erste Stunde frei gehabt, daher war ihre Schwester alleine zur Haltestelle gegangen und dann spurlos verschwunden.

Ein schriller Aufschrei ertönte. Es war eines der Mädchen, Amy. Es folgte ein Schluchzen, die anderen Mädchen kramten schnell nach Taschentüchern. Wie dramatisch, dachte Eva. Bestimmt hatte er Ärger zu Hause, was ihn immer total fertigmachte und kurz verschwinden ließ. Wer weiß. Viele Sorgen machte Eva sich eigentlich nicht. Es sei denn, er war wirklich verschwunden, genauso wie ihre Schwester einst …

»Niemand?«, ertönte da wieder die Stimme der Lehrerin. »Hat ihn niemand heute Morgen gesehen? Geht denn jemand mit ihm zusammen den Weg zur Schule?« Niemand meldete sich. »Dann werden wir wohl die Polizei verständigen.« Die Schulleiterin seufzte und raufte sich die langsam ergrauenden Haare. Wo sie doch erst so wenige Jahre im Amt war …

Noah
1

Fuck. Scheiße. Noah blieb stehen und rang nach Luft, sein Herz klopfte so laut, dass es sein Keuchen beinahe übertönte. Diese schwarze Gestalt … Sie war gruselig, auch wenn das schwarze Kostüm mit der Maske lächerlich schien. Die Gestalt hatte auf ihn eingeredet, manipulativ und mit künstlich wirkender Stimme …

Natürlich ging es ihm gut. Natürlich mochte er seine Welt. Natürlich nutzten ihn seine Freunde nicht aus. Natürlich … war seine Familie wohlhabend und glücklich, seine Geschwister okay, seine Eltern sympathisch, so wirkte es, doch in Wirklichkeit war alles anders. Seine Geschwister stellten ihn komplett in den Schatten, sogar seine kleine Schwester Johanna. Sie übersprang zum zweiten Mal eine Klasse, nun war sie mit sechs in der Dritten. Verrückt. Sie würde sich nie Sorgen machen müssen, durchzufallen …

Noah schaute sich um. Er hatte versucht, auf eine möglichst frequentierte Straße zu laufen, doch er hatte sich wohl etwas verirrt … Zumindest war diese komische Gestalt weg, sie war verdammt schnell gewesen. Ein neues Leben beginnen, pah. Vielleicht sollte er sicherheitshalber warten und dann den Weg zurücklaufen, den er gekommen war?

Im Gebüsch fand er ein schattiges Plätzchen, gut verdeckt. Das letzte Mal, dass er in einem Gebüsch gehockt hatte, war mit sieben oder acht, mit Eva, als Indianer auf Jagd ... Er schloss die Augen und atmete tief den Sommerduft ein, an diesem Tag war er besonders intensiv. Er durfte nicht wieder an sie denken, das schlechte Gewissen brachte ihn fast um. Doch das hatte die Abscheu der anderen Mitschüler ihn ebenso. Beliebtheit war ihm wichtig, auch wenn er manchmal allein sein wollte. Er holte sein Handy aus der Hosentasche, blieb aber am Homescreen hängen: Was sollte er tun, wen sollte er anrufen? Seine Kumpels in der Schule würden wegen ihm ihr Handy einkassiert bekommen, außerdem nahmen sie Noah oft überhaupt nicht ernst ... Plötzlich hörte er eine Stimme, diese widerliche Stimme, nun grässlich singend. Mit zitternden Händen tippte er auf »Aufnahme starten« ...

Mein lieber Vogel sollst du sein
Bei mir und für immer mein.

Ein neues Leben fort von dir selbst
Dass mein Schatz
Ohne Sorgen, Kummer, hältst
Komme mit und sei befreit
Bevor sie nach dir schrein.

Noah schauderte. Die Luft um ihn herum war kühler geworden, er wagte nicht, durch die Dornen hindurchzublicken. Vielleicht war die Gestalt aus einer Irrenanstalt ausgebrochen. Oder er träumte. Die Dornen bohrten sich tief und schmerzhaft in seine Haut. Nein, das war kein Traum. »Komm«, lockte die Gestalt mit süßlicher Stimme, »komm mit, vergesse alles, oder du wirst es sehr, sehr bereuen ...«

Noah zuckte kurz. Vernünftig sein, vernünftig sein ... Die Stimme lachte. Es war beängstigend. »Wie du willst, mein Junge. Mein armer Junge, wie du möchtest, dein Wille ist dein ...« Singend und pfeifend entfernte sich die Gestalt. Noah atmete flach. Mit immer noch zitternden Händen berührte er »Beenden«. Er speicherte die Aufnahme mit dem Datum ein, hörte sie aber nicht noch einmal an.

Er konnte es nicht.

Eva

3

»Du warst es.«

Überrascht drehte sich Eva um. Amy und ihre Freundin standen vor ihr, sie funkelten Eva zornig an. Eva blickte nach hinten, zur Seite, zur anderen Seite, dann wieder zu den beiden Mädchen. »Was – redet ihr mit mir?«

»Nee, mit deinem Stuhl«, entgegnete Amys Freundin sarkastisch.

»Wir wissen fast alles genau. Wo ist er?«, fauchte Amy.

»Wovon genau reden sie?«, fragte Eva den Stuhl und grinste.

»Hahaha«, sagte Amy trocken und ohne jede Spur von Humor. Eva schluckte. »Du weißt, wo Noah ist. Und du kannst nicht schauspielern.«

»Du wolltest Aufmerksamkeit, weil du keine Freunde hast, und bist in ihn verschossen.«

»Wir könnten dich anzeigen. Uns fehlen nur noch Beweise.«

Die Verdächtigungen prasselten buchstäblich auf Eva ein. Wtf? Sie sollte Noah »entführt« haben? »Ähm«, Eva räusperte sich. »Dann erzählt doch mal. Wieso sollte ich das tun? Und was sollte das bringen?«

Vor Wut traten Amy Tränen in die Augen, ihre Freundin zog ein letztes Taschentuch aus ihrer Packung hervor. »Du wusstest, dass ich ihn mag. Du wolltest mich verletzen, weil ich allen gesagt habe, du seist eine einsame merkwürdige Hexe. Und du mochtest ihn. Und jetzt hältst du ihn gefangen, wahrscheinlich fütterst du ihn mit diesen widerlichen, komisch riechenden Keksen, die du manchmal dabei hast, und zwingst ihn zu glauben, dass ich widerwärtig bin!« Sie schluchzte heftig. Einige Mitschüler betrachteten mit offenen Mündern das Pausengeschehen.

Seelenruhig holte Eva ihre Kekse, die sie tatsächlich oft dabei hatte, und eine neue Packung Taschentücher aus der Tasche. Sie war nicht erfahren in derartigen Situationen, doch hatte von ihrer Schwester gelernt, immer die Ruhe zu bewahren. Aber im Inneren brach etwas in sich zusammen. Eine einsame merkwürdige Hexe? Vielleicht war ihr Humor anders als der der anderen, doch das Wort »einsam« traf sie …

»Das ist ja absurd«, sagte Eva und bot Amy die Taschentücher an. Amy kreischte auf und wagte nicht, die Packung zu berühren. »Dann eben nicht«, sagte Eva. Ihre Stimme bebte ein wenig. »Also erstmal: Jeder weiß, dass du ihn magst, Amy.« Amy schnappte nach Luft. Vielleicht hatte Eva doch ein wenig zu hart angefangen. »Die Gerüchte kümmern mich schon lange nicht mehr. Bis jetzt war ich ja noch unsichtbar. Ich mochte ihn in der Grundschule, das stimmt, wir waren ja befreundet. Aber es ist doch absurd, wieso sollte ich wollen, dass dieser … Verräter mir Gesellschaft leistet? Obwohl, wenn es stimmte und ich ihn mögen würde, dann würde ich ihm vielleicht auch Kekse anbieten, die hat er früher ganz gern gegessen.« Eva biss in einen Cookie.

Ungläubig starrte Amy sie an. »Er … wage es ja nicht, zu behaupten, er möge deine widerlichen Kekse! Du lügst, Hexe! Und wir werden ihn noch finden! Mal gucken, wie du dann mit deiner hässlichen Fresse dreinschaust! Und ich empfehle dir einen Schauspielkurs.« Amy und ihre Freundin rannten aus der Klasse.

Kopfschüttelnd sah Eva ihnen nach. Plötzlich schmeckte ihr der Keks nicht mehr, sie warf die andere Hälfte weg.

Noah

2

Eine halbe Stunde war nun vergangen, Noah wagte, aus dem Gebüsch zu lugen. Die Gestalt war tatsächlich nirgends mehr zu sehen. Erleichtert nahm Noah die Schultasche und ging den Rückweg entlang. Es war eine kleine, unscheinbar wirkende Straße, mit nur einem verlassenen Gebäude an einer Straßenseite. Vor diesem wucherte wildes Gebüsch, in dem er sich auch versteckt hatte. Parkende Autos gab es keine. Die kleine Straße wirkte zerbrechlich. Noah machte schnell ein Foto. Die Gestalt schien die andere Richtung entlanggelaufen zu sein. Er ging geradeaus, entdeckte aber nichts, was ihm bekannt vorkam.

Bis ... da war ein Spielplatz. Ein bekannter Ort, umgeben von Gebüschen und Toren, mit dem besten Klettergerüst der Welt, einem Karussell und einer grünen Doppelschaukel. Alles war wie in einem riesigen Sandkasten ... Nostalgie grub sich in Noah. Hier hatte er seine erste Freundin gefunden, indem er ihr seine Schaufel angeboten hatte. Hier hatte er gelacht. Geweint. Geflucht.

Plötzlich ertönte ein Scheppern, zwei Männer mit Bauzäunen und Gehwegplatten auf den Schultern kamen auf ihn zu. »Diese Jugend von heute. Hat wohl nichts zu tun«, schnaufte der eine. »Lass uns mal durch da, Junge, wir haben viel Arbeit heute. Müsstest du nicht schon längst in der Schule sein?«

»Ähh«, stotterte Noah, doch er fasste sich schnell, wie sein Vater es immer verlangte. »Ich hatte heute die ersten Stunden frei. Und deshalb soll ich vor der Schule noch die Lieblingsmütze von meinem Bruder suchen, weil, äh, er sie zuletzt hier anhatte.«

»Verstehe«, brummte der Mann. »Na dann mal schnell, mein Junge, wir müssen alles absperren. Alles hier wird abgerissen. Neuer Parkplatz.«

Noah schluckte. Ist doch nur ein blöder Spielplatz, sagte er sich, doch im Inneren trauerte er ein wenig, es war, als sollten schöne Erinnerungen gestohlen werden. Schnell huschte er hinein und tat so, als würde er etwas suchen. Besonders an einer Stelle grub er etwas im Sand, als hätte sein imaginärer kleiner Bruder dort gespielt. Er grinste und war ein wenig stolz auf seine Schauspielkünste. Auf einmal stieß er auf etwas Hartes ... eine Schaufel. Sie schien alt zu sein, doch unbenutzt. Genauso wie die in Evas Beschreibung damals. Konnte das sein? Quatsch, niemals. Solche Zufälle gab es bestimmt nicht. Trotzdem steckte er sie ein. Als er an den Bauarbeitern vorbeiging, nickte er ihnen freundlich zu. »Die Mütze ist wohl weg, aber seine Schaufel von letzter Woche ist wieder aufgetaucht!« Noah lachte nervös. »Was Kinder alles verlieren!« Die Männer brummten etwas Unverständliches und machten sich wieder an die Arbeit. Erleichtert ging Noah weiter und folgte dabei seinen Erinnerungen. »Ich könnte Schauspieler werden«, dachte Noah beim Weitergehen zufrieden.

Eva

4

Die nächste Stunde war mindestens genauso spannend für die Klasse. Der Feuermelder ging mysteriöserweise mitten in der Stunde an, darauf folgte ein Tumult, in dem es zwar alle heil und planweise nach draußen schafften, doch spätestens als eine gesamte Feuerwehrkolonne an der Schule ankam, begannen einige Schüler hysterisch, um ihre Wertsachen zu heulen. Die Lehrer versuchten vergeblich, alle zu beruhigen. Die einzige, die wirklich die Fassung behielt, war die pummelige Schulleiterin. Sie schien die Spannung sogar ein wenig zu genießen. »Liebe Schüler und Lehrer, beruhigt euch alle«, rief sie. »Die Schule wurde bereits durchsucht, es wurde kein Feuer entdeckt, es gab einen Fehlalarm! Ich wiederhole, Fehlalarm!«

Trotz des Fehlalarms mussten alle lange auf dem Schulhof warten. Die Schulleiterin diskutierte mit dem Feuerwehreinsatzleiter. Es würde wohl teuer werden. Das Schulgebäude wurde erneut durchsucht, die Schüler klagten nun über Durst und Hunger. Daraufhin begann der PGW-Lehrer einer kleinen Schülergruppe zu erzählen, wie die Menschen in ärmeren Ländern mit täglichen Durst und Hunger leben mussten und sie begannen zu diskutieren. Eva machte heimlich ein Bild vom Geschehen. Die Szene war es wert, dokumentiert zu werden. Doch eigentlich war es die Langweile, die sie dazu trieb. Amy und ihre Freundin warfen ihr in der ersten halben Stunde noch insgesamt sieben Mal wütende Blicke zu. Anscheinend lästerten sie über Eva, doch bald ignorierten sie sie wieder. Was machte sie nur falsch? Eva versuchte bereits, freundlich zu sein. Sollte sie versuchen, genauso wie die anderen Mädchen zu sein? Andere Kleidung? Neuer Charakter? Anderes Selbst? Irgendwann durften sie dann endlich wieder ins Schulgebäude. Erschöpft verkündete der stellvertretende Schulleiter, sie hätten den Rest des Tages frei, um sich von dem Ereignis zu erholen.

Eva nahm ihre Tasche und wollte gerade gehen, als sie von hinten grob festgehalten wurde. »Au!« Es waren Amy und ihre Freundin Hanna. »Seid ihr komplett bescheuert? Was soll das?«

»Angst?«, fragte Amy süßlich. »Wir kommen mit dir mit«, verkündete Hanna. Eva überlegte kurz. Wenn sie verneinte, würde es klingen, als hätte sie etwas zu verbergen. Sie hoffte bloß, ihre Mutter wäre nicht zu Hause, oder zumindest nicht betrunken ...

»Klar«, flötete Eva und zwang sich zu einem liebenswürdigen Lächeln. Wie die anderen Mädchen, wenn sie gut bei jemandem ankommen wollten. Doch anscheinend bewirkte es das Gegenteil, es schien furchterregend zu wirken.

Amy und Hanna waren kurz sprachlos, dann warfen sie sich gegenseitig einen Blick zu. »Ähm. Okay. Na dann.«

Eva räusperte sich, nahm ihren ursprünglichen Gesichtszug an und ging aus der Klasse. Die beiden Mädchen folgten ihr.

Noah

3

Das Verstecken und Suchen auf dem Spielplatz hatte länger gedauert als gedacht. Es war schon kurz nach der zweiten Stunde, als Noah auf sein Handy schaute. Was sollte er bloß in der Schule sagen? Vielleicht sollte er einfach schwänzen. Doch zunächst musste er den Weg finden. Mehrmals entdeckte er Häuser oder Hecken, die ihm bekannt vorkamen, doch er wusste nicht genau, wo sein Gefühl ihn hinführte. Schließlich stand er vor einem Wohngebäude.

Evas Zuhause.

Er war oft hier gewesen, zu oft, um es aus seinem Kopf zu verbannen. Die gemütlich, wenn auch mit seltsam exotischen Schmuckstücken eingerichtete Wohnung hatte ihm gefallen, vor allem Evas Zimmer, da sie sogar einen eigenen Kühlschrank hatte, in dem alle möglichen Sorten Eis lagerten. Von hier kannte er den Weg nach Hause. Doch was würden seine Eltern sagen, würden sie ihm die Geschichte glauben? Wahrscheinlich würden sie ihn wieder für faul und untauglich halten. Sie würden denken, dass er in Wirklichkeit einfach nur Schule schwänzen wollte.

Plötzlich ertönte eine laute Stimme: »Hey, Noah! Bist du das?« Es war eine ungesund rundliche Frau mittleren Alters mit schwarzen Augenringen und müdem, eigentlich hübschem Aussehen. Das war doch … Evas Mutter? Wo war die liebenswürdige, strahlende, starke Frau, die hervorragende Cupcakes machte?

»Äh, ja. Ich bin's.«

»Du hast dich ja ganz schön verändert! Hübsch bist du geworden.« Evas Mutter lachte. »Aber was machst du denn um diese Uhrzeit hier, Noah?«

Noah schluckte. »Lange Geschichte.«

»Ist denn alles gut? Bist du absichtlich hier? Brauchst du Hilfe? Möchtest du erstmal reinkommen?« Besorgt schloss Evas Mutter die Tür auf.

»Ich glaube, ich ... ich würde tatsächlich gerne erstmal hereinkommen«, sagte Noah. Ihn schauderte es bei dem Gedanken, die Gestalt könnte nochmal auftauchen. War das feige? Mit einem mulmigen Gefühl im Bauch folgte Noah der Frau ins Treppenhaus.

»Sag mal«, fing Evas Mutter plötzlich an. »Was ist eigentlich los mit dir und Eva? Ihr wart so lange unzertrennlich, und plötzlich sieht es seit der fünften Klasse so aus, als hättet ihr keinen Kontakt mehr?«

»Es ist schwierig«, antwortete Noah stumpf. Es war wirklich sehr schwierig. Einerseits war er ein kompletter Idiot, seine beste Freundin im Stich zu lassen, andererseits würde er sonst beim Rest der Welt, gefühlt zumindest, als kompletter Idiot gelten. Die Entscheidung war ihm wirklich nicht leicht gefallen, lange hatte er sich gefragt, ob er es bereuen würde.

»Ich möchte auf keinen Fall, dass du dich schuldig fühlst«, sagte Evas Mutter. »Jedenfalls hat sie sich seit der fünfte Klasse extrem verändert. Sie ... hatte außer dir nicht viele Freunde. Nur dir hatte sie sich – so sah es zumindest aus – komplett geöffnet. Und das hat sie sich nicht einmal mir.« Die Frau schien ein wenig traurig zu wirken. »Sie wirkt jetzt ... verschlossener. Lustloser. Nicht mehr so lebensfroh. Ich kenne einen echten Grund dafür, doch das scheint nicht der wichtigste Grund zu sein.« Dieser echte Grund schien Evas Mutter extrem zu belasten, allein bei der Aussprache schossen ihr Tränen aus den Augen. »Entschuldigung«, flüsterte sie. Sie schmunzelte traurig. »Diese Emotionen.« Sie schloss die Wohnung auf.

Der erste Geruch, den er wahrnahm, war Alkohol. Danach war es Staub, Verfaultes. Was war aus dem frischen Duft nach Gebäck geworden, das Evas Mutter so gerne gebacken hatte?

»Tut mir leid. Ich weiß, was du jetzt denkst. Ach, Mist. Ich bin eine schlimme Mutter. Wie konnte ich nur …?« Sie schluchzte heftig und setzte sich mit ihrer Tasche auf das Sofa, unterbrochen von Entschuldigungen. Noah holte ein Stück Klopapier aus dem Badezimmer – wenn man es so nennen konnte – und reichte es der Frau.

»Jeder kann sich ändern, wenn er wirklich will«, sagte Noah leise. Es war der erste Spruch, der ihm einfiel, und einer der Sprüche, die er selbst gerne verwirklichen wollte. Immer wurde ihm gesagt, er solle besser sein, schlauer, schneller. Doch eigentlich mochte er sich so, wie er war. Klar sollte sich jeder verbessern wollen, doch der Antrieb dazu sollte von einem selbst kommen.

Evas Mutter hörte auf zu schluchzen. Mit großen Augen starrte sie an die Wand. Ganz langsam wanderte der Blick zu Noah. »Mein Gott … ich glaube, du hast Recht. Mir hat diese Motivation gefehlt, ein Lebensmotto, etwas, was das Leben sinnvoller macht …« Sie lächelte. »Ich danke dir. Lange hat mir niemand mehr wirklich zugehört.«

Noah lächelte auch. Eigentlich hatte er nicht wirklich viel gemacht. Doch jemanden zu kennen, der auch viel zu viele Sorgen hatte, war beruhigend.

»Dann sollte ich mich wohl mal wirklich an die Arbeit machen«, seufzte Evas Mutter und blickte Richtung Küche, Richtung ehemaliger Küche eigentlich, wo wohl die Quelle des Gestanks war. »Ähm, und du, die Schule …«

Plötzlich klingelte irgendwo ein Handy. Hektisch suchte Evas Mutter den Ursprung des Klingeltons in einem Haufen voller Krimskrams mitten im sogenannten Wohnzimmer. Schließlich hatte sie es gefunden. Sie entschuldigte sich und wandte sich ab.

Noah betrachtete die Wohnung genauer. Ein Hauch des alten Geruchs nach warmem Gebäck war noch immer da. In der Küche schien es unordentlich zu sein, ein Haufen altes, benutztes Geschirr lugte aus der Küchentür. Der Boden war überall total schmutzig, der flauschige Teppich lag aufgerollt in einer Ecke. Schrecklich, wie Sorgen Menschen anscheinend verändern konnten. Auf dem Boden nahe der Küche entdeckte Noah einen winzigen Tropfen von etwas Rotem. War das etwa Blut …? Noah schauderte. Evas? Aber vielleicht war es auch ein Tropfen getrockneter Tomatensaft …

Evas Mutter beendete das Telefonat. »Die Schule hat eben angerufen. Es gab einen Feuerfehlalarm und jetzt ist Eva sowieso bereits auf dem Rückweg.« Sie seufzte. »Dann muss ich wohl auch los«, sagte Noah und wollte gerade seine Tasche nehmen, als die Tür aufgeschlossen wurde.

Eva

5

Eva steckte den Schlüssel ins Schloss, während Amy und Hanna hinter ihr leise flüsterten. Wahrscheinlich machten die beiden gerade einen Plan, wie sie »Noah retten« konnten oder ähnliches. Krank. Amy wurde immer nervöser. »Da meine Mutter und ich ja keine normalen Muggel, sondern einsame und merkwürdige Hexen sind, wird es gleich ein wenig nach Zaubertrank riechen. Meine Mutter experimentiert gerne«, erklärte Eva, während sie die Tür aufschloss.

Doch das, was sie dann sah, ließ sie leise aufschreien. Ihre Mutter und Noah saßen mit wenig Abstand auf dem zerquetschten Sofa und starrten die drei Mädchen mindestens genauso verwundert an.

Ihre Mutter, weil Eva nie Freundinnen mitnahm. Der Grund war, dass sie keine hatte.

Noah, weil sein Namen plötzlich hysterisch von zwei Mädchen gekreischt wurde, sodass seine Ohren fast platzten. Die Mädchen zerrten ihn wild vom Sofa. Eva und ihre Mutter waren in dem Durcheinander für einen Moment überfordert, sie starrten die Szene mit großen Augen an. »Lasst mich los!«, brüllte Noah. Ihm wurde es zu viel. »Was ist eure Mission? Was wollt ihr?«

»Wir retten dich! Du musst hier weg!«, brüllte Hanna zurück.

»Wieso?«, schrie Noah. »Was ist denn?«

»Du wurdest doch entführt!«, schluchzte Amy. »Wir wollten dir helfen!«

»Nein!«, rief Noah. Die Mädchen ließen los. Eine peinliche Stille folgte. Schließlich holte Noah ein Taschentuch aus der Tasche und reichte es Amy. »Natürlich wurde ich nicht entführt. Wieso sollte ich? Meine Eltern würden sowieso kein Lösegeld zahlen.« Noah lachte bitter. »Und wieso von Evas Familie? Sie kennen mich, seit ich klein bin.«

»Oh«, entfuhr es Amy nach einer Weile kleinlaut. »Das ... tut uns extrem Leid. Wirklich. Ähm ...« Schamrot blickte sie hilfesuchend zu ihrer Freundin.

»Ja, das ... war ein schreckliches Missverständnis. Wir gehen dann mal lieber. Tschau.« Plötzlich waren die Mädchen weg. Vom Treppenhaus hörte man große schnelle Schritte.

»Noah?« Fragend schaute Eva Noah an.

Noah wurde rot. »Ich weiß, ich schulde euch 'ne Erklärung. Ich schulde allen 'ne Erklärung«, murmelte er.

»Ja«, sagte Eva nur. »Aber zuerst ...«

Noah blickte ihr in die Augen. »Ich weiß nicht, ob du mir verzeihen kannst«, sagte er leise. Evas Mutter verzog sich. »Ich glaube, ich könnte auch nicht. Aber trotzdem wollte ich dir sagen, dass es mir sowas von leid tut. Ich wollte beliebt sein, weil ich dachte, das würde mich glücklicher machen als ich es war. Ich war egoistisch, ich weiß.« Er schaute betreten. »Aber glücklicher war ich nur für einen kurzen Moment. Mir war nicht klar, dass ich mit meinem Handeln automatisch die Seiten wechselte. Schließlich stand ich mit zahlreichen neuen Freunden da, aber ohne meine beste. Ich gehörte von da an wohl zu denen, die uns damals das Leben schwer gemacht hatten. Ich dachte, ich könnte die Sache nicht mehr gut machen und hab wegen meinem schlechten Gewissen versucht, dafür zu sorgen, dass du nicht mehr ausgegrenzt wirst, aber anscheinend hat es die Sache noch schlimmer gemacht.« Noah wendete den Blick von ihren Augen ab und starrte in die Leere. »Heute habe ich vieles gelernt. Ich weiß nicht, ob das ein Weg ist, aber vielleicht könnte ich mehr Zeit mit dir verbringen … scheiße, das ist auch egoistisch, oder?«

Eva lächelte. Ja, Noah hatte ihr mehr als nur wehgetan. Aber er wäre auch der Einzige, der sie ansatzweise heilen konnte. Mehrere Jahre lang war sie eine emotionslose Puppe gewesen. Jeden Tag hatte sie sich gewünscht, es würde wieder so sein wie früher, Noah würde sie wieder besuchen kommen, ihre Mutter würde wieder nüchtern und fröhlich sein, ihre Schwester wieder auftauchen.

Doch was immer ihn zu ihrer Wohnung getrieben hatte, sie freute sich, dass er ihr das anbot. Das klaffende Loch in ihrem Herzen schloss sich ein wenig. »Nein«, sagte Eva. Noah biss sich hoffnungsvoll auf die Lippen. »Gerne«, fuhr Eva fort und sie lächelten.

Epilog

Eine weitere Woche war vergangen. Eva hatte Noah seine Begegnung mit der Gestalt sofort geglaubt, sie waren mit seiner Tonaufnahme und dem Foto zur Polizei gegangen. Es stellte sich heraus, dass es sich tatsächlich um eine Psychopatin handelte, die aus einer etwas weiter entfernten Stadt kam. Ihr Motiv war, junge, unglücklich wirkende Menschen zu manipulieren und zu überreden, mit ihr zu kommen und ein neues Leben zu beginnen. Diese Kinder und Jugendlichen mussten dann aber für sie arbeiten, um ihr ein perfektes Leben zu ermöglichen. Bei ihr wurden ein Dutzend Vermisstenfälle aus ganz Deutschland gefunden, darunter sogar Evas Schwester Ciara.

Eva und ihre Mutter weinten sehr viel an dem Tag, als sie Ciara wieder um die Arme schließen konnten. Ciara erklärte ebenfalls schluchzend, sie hätte damals die Verantwortung nach dem Verschwinden des Vaters nicht ausgehalten, doch jetzt wäre sie mehr als nur bereit dafür.

In die Schule gingen Noah und Eva wieder gemeinsam. Amy und Hanna hatten am nächsten Tag total verschämt und schweigend an ihren Plätzen gesessen. Als Eva und Noah hereinkamen, brachten sie ihnen Schokolade. »Als Wiedergutmachung. Auch wenn das wahrscheinlich nicht reicht«, erklärte Amy verlegen. »Und Eva ... es tut uns verdammt leid. Und das meine ich wirklich nicht nur auf die bescheuerte Mission bezogen, sondern ... eigentlich bist du ganz nett.« Amy lächelte. Und dieses Mal war es kein Schleimlächeln, sondern ihr wahres. »Hättet ihr Lust, mit uns am Samstag Eis essen zu gehen?«

»Ich schon«, sagte Noah und grinste.

»Ich auch«, sagte Eva und lächelte ebenfalls, und auch ihr Lächeln war diesmal nicht gestellt, sondern echt.

Blanca Vespermann

Allein

Ich schlinge meinen Pullover noch etwas enger um mich, obwohl er kratzt und die zerrissenen Ärmel dreckig und nass sind. Um mich herum ist es eiskalt und Schneematsch gemischt mit Dreck liegt überall auf den Gehwegen. Menschenmassen schieben sich von Laden zu Laden und Männer und Frauen mit riesigen Einkaufstaschen drängeln sich aneinander vorbei. Überall riecht es nach Abgasen und dem typischen vorweihnachtlichen Geruch von Gebäck, Glühwein und Zimt. Zwischen den Arkaden schwirren die Stimmen der Menschen um mich herum, gemischt mit Fetzen von bekannten Weihnachtsliedern.

Ich sitze vor dem Eingang zu Starbucks auf einem zusammengerollten Schlafsack und mache Knoten in ein heruntergefallenes Geschenkband. Vor meinen angezogenen Beinen steht ein Pappschild mit der Aufschrift *Ich habe Hunger – Bitte helfen Sie mir.*

Nicht dass irgendjemand lesen würde, was da steht. Sie sind alle viel zu sehr mit sich selbst beschäftigt oder damit, mich zwanghaft zu ignorieren. Manchmal holen sie fünf Meter vor mir ihre Handys heraus, starren konzentriert auf die Bildschirme und stecken sie, sobald sie an mir vorbei sind, erleichtert wieder weg. Ganz selten nickt mir jemand im Vorbeigehen zu oder wirft mir ein paar Cents in den alten Pappbecher vor mir. Alle anderen ignorieren mich oder werfen mir angewiderte Blicke zu, und obwohl ich diese Blicke jeden Tag bekomme, stechen sie mir doch immer wieder direkt ins Herz. Ich spüre den Ekel auf ihren Gesichtern auch noch in mir nachbrennen, wenn sie schon längst weitergelaufen sind. Mir wird schlecht bei ihren Blicken und ich spüre, wie die Hitze in mir aufsteigt und meine Wangen rot färbt. Meistens halte ich den Kopf deswegen gesenkt, aber auch das hilft kaum.

Meine Finger stechen und meine Beine werden langsam taub, aber ich ziehe sie nur noch enger an meinen Körper um die Kälte fernzuhalten, die mir von allen Seiten in die verdreckte Kleidung schleicht. Eine Frau mit Kinderwagen fährt dicht an mir vorbei und stößt mit einem der Räder ihres Wagens meinen Becher um, sodass die wenigen Münzen herausrollen. Erschrocken will ich nach ihnen greifen, doch Schuhe hasten direkt vor mir über den Bürgersteig und verteilen das wenige Geld überall auf dem Gehweg. Angst kriecht mir kalt den Rücken hinauf.

Ich wage einen zögernden Blick nach oben, doch niemand beachtet mich. Sie alle sehen überall hin, nur nicht zu mir, für sie bin ich unsichtbar. Wahrscheinlich meinen sie es nicht einmal böse, es ist einfach Gewohnheit für sie geworden, Menschen wie mich zu ignorieren. Viele von ihnen würden sich nach den paar Euro vermutlich nicht einmal bücken, doch für mich bedeuten sie mein Abendessen.

Noch einmal strecke ich vorsichtig eine Hand nach ein paar Münzen aus, doch irgendein Geschäftsmann tritt mir auf die Finger, bevor ich danach greifen kann. Schmerzerfüllt schnappe ich nach Luft und ziehe meine Hand zitternd zurück. Meine roten, langsam anschwellenden Finger betrachtend spüre ich, wie mir die Tränen in die Augen steigen. Ich versuche, den Kloß in meinem Hals herunterzuschlucken, aber trotzdem merke ich etwas Nasses meine Wangen hinunter laufen. Schnell wische ich mir über das Gesicht und atme tief durch.

Als ich einen Blick zurück auf den Gehweg werfe, ist das Geld weg. Die Menschen haben es zur Seite oder in den Schnee getreten. Während mir die Tränen salzig auf den Wangen trocknen, lehne ich den Kopf erschöpft und zitternd gegen die Glaswand von Starbucks und schließe für einen Moment die Augen. In mir steigen Hunger,

Angst und Trauer auf. Und obwohl ich inmitten einer gigantischen Menschenmasse sitze, habe ich mich noch nie so einsam gefühlt wie in diesem Moment.

Parinas Dose

Die Superheldenakademie

Erstes Kapitel

»Das Unmögliche kann möglich werden«, hatte mein Großvater in Mexiko vor vier Jahren mal gesagt. Als er das gesagt hatte, dachte ich sofort an Superkräfte. Wenn ich mir eine wünschen dürfte, dann würde ich meine Größe verändern und einen Sonarschrei aussenden können. Denn ich bin der Kleinste in der Klasse, und der mit der leisesten Stimme bin ich auch. Allerdings wusste ich: Magie gibt es nicht. Das hatte ich auch schon meinem Opa gesagt. Aber er hatte nur die Augen geschlossen und gesagt: »Nur Geduld, Jonas.«

Mittlerweile fand ich, dass ich schon zu lange gewartet hatte. Und meine Freunde hatten mit ähnlichen Problemen zu kämpfen wie ich. Zum Beispiel Merle. Sie war ein echter Jungsschwarm. Sie würde sich gerne unsichtbar machen und ein Schutzschild erschaffen können. So schlimm war das. Dabei hatte sie es nicht mal annähernd so schwer wie Kion. Der wurde oft verprügelt. Natürlich halfen wir ihm dann. Aber er wäre gerne superstark. Raban hatte es auch nicht leicht. Er wird im Leben nicht weit kommen, denn er war ziemlich dumm. Selbst Nachhilfe half nicht. Er wollte als Superheld ein richtiges Genie sein. Und als letztes kam Janka mit ihren schönen Rastalocken. Aber was nützten sie ihr, wenn sie im Sportunterricht eine lahme Ente war. Sie hatte uns anvertraut, dass sie, wenn sie sich eine Superkraft wünschen dürfte, gerne superschnell rennen können würde. All unsere Wünsche wurden uns allen bald erfüllt.

Ich lag abends in meinem Zimmer. Es war gemütlich eingerichtet. Es gab ein Bett und daneben einen Sitzsack. Neben der Tür stand mein Kleiderschrank. Dann gab es mitten im Raum eine

Schaukel. Und neben dem einzigem Fenster stand ein großes Bücherregal. Ich lag auf meinem Bett und schrieb in mein Tagebuch: Liebes Tagebuch. Heute war nicht viel los. Wir mussten Kion wieder aus einer Prügelei helfen. Den armen Jungen zieht das ganz schön runter. Er ist mit einer Beule und Nasenbluten davongekommen. Jetzt will ich noch mit meinen Freunden spazieren gehen. Frische Luft tut gut und durchlüftet den Kopf. Wir treffen uns vor meinem Haus. Mach's gut!

Ich klappte mein Tagebuch zu und schaute auf die Uhr. Es war Viertel vor sechs. Zu dieser Zeit war kaum ein Mensch draußen. Die wollten alle den Abend genießen. Ich ging nach unten. In der Küche stand meine Mutter und bereitete das Abendessen vor. »Ich gehe mit meinen Freunden an die frische Luft!«, rief ich ihr zu.

»In Ordnung!«, rief sie zurück. »Komm aber rechtzeitig wieder, ja?«

Ich nickte. Dann schloss ich die Tür und lehnte mich gegen die Hauswand. Ich wartete. Dann, nach ungefähr fünf Minuten, kam Kion. »Hey Mann!« begrüßte er mich.

»Hallo«, sagte ich so tief es nur ging.

Kion lachte. »Du hörst dich an wie ein gackerndes Huhn. Das ist das Schöne an dir: Du kannst andere sehr gut aufheitern.«

Wir beide kicherten und warteten. Schließlich kam Merle und dann Janka und Raban. Wir liefen ziellos durch die Straßen. Niemand sagte ein Wort. Alle genossen die frische Abendluft. Bis Raban uns aus unserem Dösen holte. »Leute«, sagte er mit zitternder Stimme. »Seht ihr, was ich sehe?« Er zeigte in den Himmel. Dort glühte irgendetwas und schien mit rasender Geschwindigkeit näher zu kommen.

Janka fragte: »Was ist das?«

Raban kniff die Augen zusammen. »Sieht aus wie ein ...« Seine Augen weiteten sich. »Oh mein Gott! Das ist ein Meteorit!«

Wir lachten. »Ach, Raban, du irrst dich sicher.«

»Nein, ich sehe es ganz genau!«

Dann schlug der Meteorit ein. Wir wurden von einer Druckwelle durch die Luft geschleudert. Ich knallte auf irgendetwas. Dann wurde alles schwarz.

Als die Bewohner den lauten Aufprall gehört hatten, machten sie das Licht an und liefen zu den Fenstern. Als sie die fünf bewusstlosen Jugendlichen und den Meteoriten sahen, griffen sie zum Telefon. Einige liefen zu den Jugendlichen oder zum Meteoriten. Kurze Zeit später wimmelte es nur so von Kamerateams, Sanitätern und Schaulustigen. Und auch die Eltern waren da, sie schauten ängstlich und besorgt. Sie löcherten die Sanitäter mit Fragen. Keiner wusste, ob sie es schaffen würden.

Als ich die Augen aufschlug, wusste ich nicht, wo ich war. Außerdem dröhnte mein Schädel wie verrückt. Ich fasste mir an den Kopf. Er war bandagiert. Dann wurde mir übel. Ich drehte mich zur Seite und übergab mich in eine Schüssel. Jemand wischte mir meinen Mund ab. Jetzt schaute ich mich erstmal richtig um. Ich lag auf einem Bett. Neben mir lagen meine Freunde. Noch waren nicht alle wach. Ich sah jede Menge Instrumente. Neben mir saß eine Frau im Krankenhauskittel. »Wo bin ich?« fragte ich schwach.

»Im Krankenhaus«, sagte sie sanft. »Du hast dir einen Arm gebrochen und hast eine Gehirnerschütterung.« Das stimmte. Mein Arm hing in einer Schlinge. Und mein Kopf tat auch weh. Jemand klopfte an die Tür. »Da ist jemand für dich. Ich lasse euch mal alleine.«

Mom und Dad kamen herein. Sie setzten sich auf zwei Stühle. Dad ergriff als erster das Wort. »Hallo Schatz wie geht's dir?«

»Nicht gut«, antwortete ich mit einem kleinen Lächeln. »Was ist eigentlich passiert während ich bewusstlos war?«

Mom berichtete: »Also, eine Freundin hatte uns angerufen und uns alles erzählt. Danach sind wir sofort zum Ort des Geschehens gerannt. Fast gleichzeitig kam der Krankenwagen an und hat euch abgeholt. Und jetzt bist du hier.«

Dad jammerte: »Oh Jonas, es ist ein Wunder, dass du überlebt hast. Das ist nahezu unwirklich.«

Ich streichelte seinen Arm. »Es ist ja nun alles gut. Ich würde jetzt gerne wieder allein sein.« Mom stand auf. »Oh, natürlich. Gute Besserung!« Dann gingen die beiden aus dem Raum. Jetzt regte sich auch Raban. »H-hallo?«, murmelte er. »Wo bin ich?« Dann fiel sein Blick auf mich. Er versuchte, sich zu erheben, fiel aber mit einem Stöhnen zurück in sein Bett. »Mein Kopf tut weh. Warum tut mein Kopf weh? War das wirklich ein Meteorit?« Ich lachte. »Eins nach dem anderen. Erstens könnte es sein, dass du mit deinem Kopf auf den Boden gefallen bist. Zweitens: Ja, das war ein Meteorit.«

»Sagte ich doch!« Nach und nach kamen die anderen zur Besinnung. Merle hatte einen gebrochenen Arm und ein gebrochenes Bein. Bei Kion war es nur eine heftige Gehirnerschütterung. Janka hatte eine fies aussehende Schramme im Gesicht und eine angeknackste Rippe. Kion schaltete den Fernseher an, dem ich noch keine Beachtung geschenkt hatte. »Hey Leute, wir sind im Fernsehen!« Wir guckten auf den Bildschirm. Eine Reporterin sagte: »Heute Abend fiel ein Meteorit auf die Erde. Fünf Jugendliche wurden dabei schwer verletzt.« Es wurde ein Bild gezeigt mit fünf Krankenwagen, in die wir auf Liegen hereingetragen wurden. Die Reporterin redete weiter: »Es kommt nicht häufig vor, dass ein Meteorit in Mexiko einschlägt. Wir hoffen, dass die Jugendlichen überleben.«

Das Einzige, was ich noch sagen konnte, war: »Oh, cool.«

Im Laufe der nächsten Tage kamen Eltern und Großeltern zu Besuch. Sie brachten Geschenke mit. Mir schenkten meine Großeltern einen Teddy und ein Buch. Darüber freute ich mich sehr. Bald war auch wieder alles verheilt und wir durften aus dem Krankenhaus raus.

Wir gingen wieder in die Schule. Dort waren wir *das* Gesprächsthema. Und bald passierten merkwürdige Dinge. In Mathe war Raban jetzt richtig gut. Auch in den anderen Fächern bekam er Einsen. Von Tag zu Tag wurde sein Grinsen breiter. Und Merle erzählte uns etwas ganz Verrücktes. Sie sei auf dem Schulheimweg gewesen, als ihre Fans ihr in den Weg gesprungen seien. Da sei sie vor Schreck unsichtbar geworden. Auch Janka hatte offensichtlich Glück. Wir hatten sie heimlich beim Sport beobachtet. Sie war quer durch die ganze Halle geflitzt, rasend schnell! Nur bei Kion und mir war noch nichts aufgetreten. Kion wurde allerdings im Moment auch nicht verhauen. Die Schläger hatten Respekt vor ihm.

Doch bald fingen die Prügeleien wieder an. Ich hatte genauso wenig mitbekommen wie meine Freunde. Kion jedenfalls kam nach der Schule sofort zu uns gerannt. »Wartet auf mich! Ich muss euch etwas erzählen.« Wir drehten uns neugierig um.

»Schieß los«, sagte ich gespannt.

»Also«, begann Kion, »ich bin in der Pause einfach mal herumgegangen und habe die Aufmerksamkeit der anderen genossen.«

Ich murmelte: »Ich mag es ja eigentlich Aufmerksamkeit zu bekommen, aber mittlerweile ist mir das zu viel.«

Kion schaute mich verärgert an: »Jetzt unterbrich mich nicht! Als ich so herumlief, kamen zwei Schläger und wollten mich verhauen. Ich bin aber nicht weggerannt, sondern habe mich plötzlich voller Energie gefühlt. Und dann hat einer der Schläger seine Faust gehoben und wollte mich schlagen. Und ich habe sie dann voll lässig abgefangen. Ich hab zuerst gedacht, wow, das ist ja krass, und dann habe ich ihm die Beine weggetreten. Der andere ist wütend auf mich zugestampft und wollte mich boxen. Ich bin seiner Faust ausgewichen und hab ihn dann ein paar Mal in den Rücken getreten. Anschließend haben die beiden am Boden gelegen. Ich wusste nicht, wo dieser Adrenalinrausch hergekommen ist, denn als ich mit den beiden fertig war, war er schon wieder verflogen. Das war voll cool!« Mittlerweile hüpfte er auf und ab.

»Sieht so aus, als ob wir Superkräfte hätten«, sagte Merle mit leuchtenden Augen. »Nicht alle«, sagte ich niedergeschlagen. »Ich habe meine Superkräfte immer noch nicht entdeckt.«

Raban legte mir einen Arm um die Schulter. »Hey, bleib mal optimistisch. Das kommt vielleicht noch und …« Weiter kam er nicht, denn er wurde nach hinten gerissen. Wir wirbelten herum. Drei Männer packten den schreienden und tretenden Raban und steckten ihn in den Kofferraum eines Pick-ups. Danach nahmen sie Merle und stopften sie neben Raban. Kreischend versuchte sie, unsichtbar zu werden, aber es gelang ihr nicht. Kion dagegen faustete den ersten Mann weg. Janka rannte wie ein Tornado um den zweiten Mann herum, bis dieser sie schließlich doch zu fassen bekam. Sie wagte keinen Fluchtversuch aus dem Pick-up. Nur ich stand wie versteinert herum. Jetzt saß auch Kion im Auto. Dann drehten sich die verbliebenen zwei Männer zu mir um. Ich wollte wegrennen und Hilfe holen. Doch sie waren schneller. Der eine warf mich über die Schulter und steckte mich zu meinen Freunden. Dann knallten sie die Tür zu. Wir spürten wie der Wagen losfuhr. Starr vor Schreck saßen wir auf dem Boden. Merle fragte mit zittriger Stimme: »Was sollen wir denn jetzt machen?«

Raban erwiderte: »In acht von zehn Fällen sollte man die Polizei anrufen.«

»Wie schön, ich habe mein Handy aber nicht dabei«, giftete Merle.

»Naja, dann sollten wir einfach abwarten, was geschieht.«

»Na, das kann ja heiter werden«, murmelte ich. Der Wagen holperte eine gefühlte Ewigkeit über die Straßen, aber als wir endlich anhielten und ich auf die Armbanduhr schaute, waren es nur zwanzig Minuten. Es dauerte sehr lange, bis die Tür sich langsam öffnete. Kion sprang mit einem heldenhaften Schrei aus dem Wagen und boxte den erstbesten Menschen. Sein Faust landete einen wohlgezielten Treffer im Bauch eines durchtrainierten Mannes. Der aber blieb regungslos stehen. Kion schaute verdutzt hoch. Der Mann hatte die Hände in die Hüften gestemmt und schaute mit hochgezogener Augenbraue zu ihm herunter. Kion schluckte. Der Mann band ihm blitzschnell eine Binde um die Augen. Kion streckte die Arme aus und versuchte uns zu ertasten. Er stolperte. Schließich gab er auf. Merle war plötzlich weg. Da sah ich einen Stock in der Luft schweben. Genial! Sie hatte sich unsichtbar gemacht. Der Stock sauste durch die Luft und traf einen anderen Mann. Der rieb sich den Kopf und guckte sich um. Da fiel sein Blick auf den Stock in der Luft. Er riss ihn ihr aus der Hand. Merle wurde vor Schreck wieder sichtbar.

»Wir verschwenden hier unsere Zeit, Clark«, brummte er.

»Du hast Recht, Bruce.« Schneller als wir gucken konnten, hatten sie auch uns Augenbinden umgebunden und führten uns irgendwohin. Schließlich blieben wir stehen. Sie nahmen uns die Binden ab. Wir sprangen zurück und nahmen Kampfpositionen an. »Was wollt ihr von uns?«, fragte ich wütend.

»Tut uns leid, dass wir so rüpelig zu euch waren. Wir wollten euch hierherbringen, weil ihr so seid wie wir. Ihr seid Superhelden!«

Wenn er dachte, dass wir gleich im Kreis sprangen und jubelten, hatte er sich geirrt. Wir starrten die beiden Männer an, als wäre ihnen ein zweiter Kopf gewachsen. Clark seufzte. »Ihr wollt uns nicht glauben? Dann seht doch selbst!« Er öffnete die Tür. Das, was wir sahen, verschlug uns den Atem. Hunderte von Menschen waren dort unterwegs und unterhielten sich. Einige von ihnen hatten Superheldenkostüme an. Jede Menge Stühle und Tische standen geordnet in einer Reihe. Vorsichtig traten wir ein. Weiter hinten neben einer Cafeteria lehnte ... oh mein Gott, oh mein Gott, oh mein Gott: Wonder Woman? Die Frau mit den schwarzen langen Haaren und der blauen Seidenhose kam zu uns. Sie lächelte uns freundlich an. »Hallo, ihr lieben«, sagte sie. »Willkommen an der Superheldenakademie!«

Zweites Kapitel

»Bitte was?«, stammelte Raban. Selbst unser Genie war sprachlos. Wonder Woman sagte geduldig: »Ich weiß, das ist viel für euch. Deswegen sollten wir jetzt nicht sofort loslegen. Superman und Batman werden euch eure Zimm...«

Merle rief dazwischen: »Moment. Haben sie gerade gesagt Superman und Batman?« Wonder Woman schaute sie strafend an. »Ja«, sagte sie. Wir drehten uns alle um und folgten den Männern. Sie führten uns durch Gänge mit Marmorwänden und -böden. Hinter manchen Türen hörten wir Geräusche. Außerdem gab es jede Menge Vitrinen zu bestaunen. Merle wisperte: »Wow, kaum zu glauben! Superman und Batman!«

Schließlich öffnete Superman eine Tür für mich und Raban und sagte: »Ihr teilt euch das Zimmer mit zwei anderen Jugendlichen. Viel Spaß!« Dann traten wir ein. Überall schienen die Tapeten die Farben zu wechseln. An der Wand stand ein großer Mahagonitisch mit Stühlen, deren Beine geschwungen waren. Es gab einen wirklich großen Fernseher und davor stand ein Sofa. Plötzlich hörten wir eine Stimme: »Schau, Mark, da sind sie!« Ein Mädchen, etwa so groß wie Raban, kam aus einer anderen Tür gelaufen. Ihr folgte ein muskulöser Junge. »Hallo, ich bin Tara«, sagte sie. »Und das ist Mark. Freut mich euch kennenzulernen.« Sie schüttelte viel zu heftig meine und Rabans Hand.

Raban räusperte sich. »Ja, danke gleichfalls. Könnt ihr uns auch die anderen Räume zeigen?«

Nun ergriff Mark das Wort. »Klar können wir das. Kommt mit!« Sie liefen voraus. Wir liefen hinter ihnen her. »Die sind schon schräg drauf, oder?«, fragte Raban.

»Wenn du es so ausdrückst, ja«, sagte ich. Dann stieß ich gegen Tara. »Sorry«, murmelte ich beschämt.

»Schon gut. Das hier ist euer Schlafzimmer.« Direkt nebeneinander standen zwei Himmelbetten. Etliche Teppiche bedeckten den Boden. Ansonsten gab es noch einen dekorativen Kleiderschrank und zwei Stühle. Helles Licht flutete den Raum, obwohl es überhaupt keine Fenster gab.

Ich warf mich auf ein Himmelbett und versank sofort darin. »Dieses Bett ist viel zu weich!«, rief ich.

Tara lachte. »Du gewöhnst dich dran. Wir wollen euch jetzt das Badezimmer zeigen. Kommt schon!« Wir liefen nach nebenan, in ein ganz normales Badezimmer. Es gab Toilette, Waschbecken und Dusche. Wir gingen wieder hinaus. »Und hinter der anderen Tür?«, fragte Raban.

»Dort ist unser Schlafzimmer. Aber es gibt noch die Küche.«

Wir gingen wieder ins Wohnzimmer und bogen rechts in einen anderen Raum ab. Es gab einen Tresen, auf dem allerlei Geräte rumstanden. Mixer, Kästen mit Besteck und ein Minikühlschrank direkt neben dem Tresen. Dahinter war ein Essenstisch. Nun grinste Mark.

»Ihr könnt euch jetzt in euer Zimmer zurückziehen, wenn ihr wollt. Das war sicher viel für euch heute. Noch irgendwelche Fragen?«

»Ja«, sagte Raban. »Welche Superkräfte habt ihr?«

Mark lächelte bescheiden. »Ich kann andere hypnotisieren. Und Tara kann ...«

»He, das sag ich!«, rief Tara. »Und ich kann durch Wände gucken.«

»Cool«, sagte ich. »Komm, Raban, wir gehen jetzt auf unser Zimmer.«

Im Zimmer setzte ich mich auf den Boden. »Echt kra…« Weiter kam ich nicht, denn mein Handy klingelte. Ich schaute auf das Display. Meine Mutter rief an. Ich biss mir auf die Lippe. »Mist.« Ich schaute zu Raban. »Soll ich?«

Er nickte. »Würde ich machen.«

Ich holte tief Luft und drückte mit geschlossenen Augen auf Annehmen. Sofort ertönte Mamas Stimme: »VERDAMMT NOCH MAL, WO STECKST DU?«

»Äh … also … ich will bei Raban übernachten. Tut mir leid, dass ich mich nicht gemeldet habe.«

Mama atmete hörbar aus. »Natürlich geht das, Schatz. Aber sage mir nächstes Mal rechtzeitig Bescheid.«

»Ja, mach ich«, versprach ich.

»Gut. Viel Spaß bei Raban!«

Ich nickte. »Klaro.« Dann legte ich auf.

»Das war eine gute Ausrede«, sagte Raban. Noch ungefähr eine Stunde quatschten wir. Dann kamen Mark und Tara. »Abendessen«, flötete sie.

»Wir kommen«, flöteten wir zurück. Mitten auf dem Weg sahen wir Merle und Janka. Vor ihnen stand ein gutaussehender Junge. Wir eilten zu ihnen. »Wer ist denn das?«, fragte ich. »Das ist die angeblich so schöne Nervensäge Ryan«, sagte Merle angewidert.

Tara legte ihr eine Hand auf die Schulter. »Ich weiß genau, was du meinst. Mir läuft er auch immer hinterher und überschüttet mich mit Geschenken.«

Ich schaute zu Ryan. »Lass die beiden in Ruhe, okay?«

Ryan schaute mich mit großen Augen an. »Oh nein, da kriege ich aber Angst.« Er schnaubte verächtlich. »Mal ehrlich, kümmer dich um deinen eigenen Kram, du Winzling.«

Als ich diesen Satz hörte, wurde ich rot vor Wut. »Sag das noch mal du … du …« Mir fiel keine gute Beleidigung ein. Ryan lachte. »Okay. Du Winzling!«

Jetzt explodierte ich fast. »SO WAS SAGST DU NIE WIEDER, DU EINGEBILDETER ESEL«, brüllte ich. Die ganze Macht von diesen Wörtern ließ Ryan auf den Po fallen. Alle Menschen drehten sich erschrocken zu mir um. Meine Freunde schwankten. Ich hielt verwundert inne. So laut war ich noch nie gewesen. Ich grinste. Dann beugte ich mich zu Ryan runter. »Verstanden?«, erkundigte ich mich mit normaler Stimme. Ryan nickte und rutschte weg von mir, stand auf und stürzte davon.

Merle löste sich als erste aus ihrer Erstarrung. »Wow, das war krass«, sagte sie. »Du warst fantastisch! Danke.«

Wir machten uns auf den Weg zur Speisehalle. Zum Schluss kam Kion. »Hey, Leute. Habt ihr das auch gehört? Hier war jemand ziemlich laut.«

»Ja, das war ich«, sagte ich stolz.

Dann betraten wir den Speisesaal und uns blieb der Mund offen stehen. Über uns ragte eine riesige Kuppel in die Höhe. Kronleuchter hingen an der Decke. Hinter uns erklang eine Stimme: »Die Königin erwartet euch.« Es war Wonder Woman, die da sprach. »Kommt mit«, Sagte sie und führte uns zu einer langen Tafel. Da saßen viele Superhelden, die ich aus Filmen kannte: Flash, Superman und Batman, die wir ja schon kennengelernt hatten, Aquaman, Cyborg und Martian Manhunter. In der Mitte saß die Königin. Hatte sie eigentlich einen Namen? Als sie uns erblickte, stand sie auf und ging zu uns. »Hallo, ihr Lieben. Tut mir leid, dass ich euch nicht persönlich empfangen konnte. Ich hatte ein paar Sachen zu tun.

Egal, ich heiße euch hier herzlich willkommen.« Sie gab uns einen Zettel. »Das ist euer Stundenplan.«

Ich warf einen flüchtigen Blick darauf. »Danke. Haben Sie eigentlich einen Namen?«

Sie lachte amüsiert. »Natürlich habe ich einen Namen. Mein Name ist Celesta. Und ihr könnt mich auch duzen. Aber nun setzt euch hin und esst.« Wir fanden noch freie Plätze nebeneinander. Vor uns waren leere Teller. Merle seufzte. »Ich hätte jetzt gerne Speck und Bohnen. Bin sooo hungrig!« Auf einmal füllte sich der Teller mit Bohnen und Speck. Merles Augen leuchteten. »Cool. Fanta bitte!« Das Glas füllte sich mit Fanta. Wir bestellten alle und fraßen uns voll. Überall tuschelten Kinder, aber das störte uns nicht. Abends schleppten wir uns satt und zufrieden ins Bett.

Am nächsten Morgen sprang ich fröhlich aus dem Bett. »Guten Morgen!«, rief ich. Aber niemand hörte mich und Raban schlief wie ein Murmeltier. Ich zuckte mit den Schultern. Ich würde es nochmal versuchen, wenn ich mich angezogen hatte. Ich zog mich an, kämmte meine Haare und putzte mir die Zähne. Dann schrie ich Raban ins Ohr: »Aufwachen Schlafmütze!«

Raban fiel aus dem Bett. »Aua nicht so laut! Mein Trommelfell könnte platzen!«

Ich ignorierte ihn und plapperte: »Anders kriegt man dich nicht wach. Wir haben heute übrigens Geschichte der Superhelden, Superheldenkräftetraining und Wie man einen Schurken austrickst. Außerdem: Es ist schon acht Uhr.«

Raban sprang aus dem Bett. »Ojemine, wir werden zu spät kommen!«

Nach zehn Minuten stand er frisch angezogen vor mir. Ich bekam einen Lachanfall. »Du hast mir geglaubt«, prustete ich. »Du hast mir geglaubt! Es ist erst sieben Uhr! Du hast noch Zeit.«

»Oh, das wirst du mir büßen«, drohte Raban.

Wir warteten. Endlich war es fünf vor acht und wir verließen mit Tara und Mark das Zimmer. Die drei Schulstunden waren eigentlich super. Am besten war Superheldenkräftetraining. Janka war in meiner Gruppe. Unterrichtet wurden wir von einer Frau, die sich in Tiere verwandeln konnte. Sie hieß Frau Plonk. Ich schaute bei Janka zu. Sie sollte superschnell rennen, weil es ja ihre Superkraft war. Allerdings lief sie immer noch so langsam wie eh und je. Frau Plonk runzelte die Stirn. »Ich glaube da müssen wir nachhelfen. Warte kurz ich komme gleich wieder.« Sie ging.

Janka schaute mich unsicher an. »Was macht sie jetzt?« Ich gab ihr keine Antwort, weil ich es selbst nicht wusste. Schließlich kam Frau Plonk. Sie hielt einen Roboterhund an der Leine.

»Wer ist denn das?«, fragte Janka völlig perplex. »Das ist Jack. Und er wird dir ein bisschen Beine machen. Fang Janka, Jack!« Jack fletschte die Zähne und rannte los. Janka schrie erschrocken auf und spurtete los. Sie rannte so schnell sie konnte. Dabei wurde sie immer schneller und schneller und schneller. Schließlich konnte ich ihr nicht mehr mit den Augen folgen. Da rief Frau Plonk: »Bei Fuß!« Jack stoppte und trottete zu ihr zurück.

Auch Janka blieb stehen. »Wow, das war voll cool! Aber hat ihr Hund Tollwut?«

»Nein, er ist sogar ganz lieb.« Jack setzte sich auf seinen Hintern, sein Knurren wurde zu einem freundlichen Hecheln und er legte den Kopf zur Seite.

Bei mir selbst lief es zunächst nicht so gut. Ich hatte anscheinend zwei Superkräfte, konnte erstens meine Größe verändern und zweitens einen Sonarschrei aussenden. Allerdings funktionierte bei mir nur der Sonarschrei. Ich schaffte es sogar, eine 100-Kilohantel, die auf einem Tisch lag, wegzuschreien. Frau Plonk war geduldig. Am Ende der Stunde sagte sie: »Nächste Stunde üben wir das nochmal.«

Neben diesen Unterrichtsfächern gab es auch noch Englisch, Mathe und Deutsch. Dazu auch noch Schwertkampf. Manchmal ging ich allerdings auch nicht zur Superheldenakademie, weil ich Mom nicht misstrauisch machen wollte. Deshalb beauftragte ich Raban, es Celesta zu sagen, damit sie nicht besorgt wurde. Doch dann ging ich eine Woche jeden Tag nach der Schule zur Superheldenakademie und vernachlässigte meine Hausaufgaben. Am Wochenende wollte Mom alles mit mir nachholen. Das war der Horror. Ich hab fast das ganze Wochenende Hausaufgaben gemacht.

In unserer Freizeit beschützten ich und meine Freunde gerne andere Menschen. Wobei: Raban eher nicht. Er gab seinen Mitschülern Nachhilfe in verschiedenen Fächern. Merle machte auch nicht mit. Ihre Anzahl an Verehrern war gestiegen. Sie war in einer Tour damit beschäftigt, unsichtbar zu werden. Ihr Schutzschild anzuwenden, traute sie sich nicht, weil die Leute sie mit Fragen gelöchert hätten, wenn sie es sehen würden. Kion und ich teilten uns die Aufgabe, Kinder vor Schlägern zu retten. Wir wechselten uns ab. Mal verhaute Kion die Schläger, mal fegte ich sie mit meinem Gebrüll weg. Janka rettete Menschen von der Straße, wenn sie mal unvorsichtig waren oder auf ihre Handys guckten. Dann rannte sie mit Lichtgeschwindigkeit los und rettete sie vor den Autos. Eine Zeit lang schien alles perfekt zu laufen.

Doch dann bekam ich eines Morgen einen Brief. In dem stand: »Komm schnell zu uns. Es ist etwas Schreckliches passiert. Die Tochter von Celesta wurde entführt. Beeil dich! Freundliche Grüße, deine Tara.« Ich starrte entsetzt und etwas verwirrt den Brief an. Wer war die Tochter von Celesta? Und warum hatte ich sie noch nie gesehen? Eins war klar: Ich musste sofort los. Ich nahm meine Jacke vom Haken und rief: »Ich gehe zu Kion!«

Dad rief zurück: »Na gut, du hast ja keine Hausaufgaben aufbekommen. Außerdem ist Wochenende.«

Erleichtert riss ich die Haustür auf. Und davor standen meine Freunde. Ich sagte: »Ihr habt den Brief auch bekommen, oder?«

Raban nickte. »Es gilt keine Zeit zu verlieren.«

Ich rief noch schnell ins Haus: »Auf Wiedersehen!« Dann fiel die Tür zu. Von meinem Haus aus war es nicht weit bis zu unserem Ziel. Wir sprinteten einfach los und waren in einer Stunde am Ziel. Wir rannten in die Superheldenakademie herein und stießen mit Wonder Woman zusammen. »Gott sei Dank, ihr seid endlich hier. Kommt mit zu Celesta. Auf dem Weg sahen wir nur besorgte Gesichter. Noch schlimmer wurde es, als wir Celestas Privatzimmer betraten. Wir sahen dort Celesta mit vom Weinen geschwollene Augen. Darunter waren dunkle Ringe. Ihre Haare waren ein richtiges Nest. Als sie uns sah, lächelte sie traurig. »Hallo, ihr Lieben.«

»Hallo«, erwiderte ich. »Kann uns mal jemand sagen, was hier los ist?«

Celesta fing an zu erzählen. »Als ich eines Morgens aufwachte, fand ich Luna, meine Tochter, nicht in ihrem Bett. Dort lag nur dieser Zettel.« Sie reichte uns ein zerknittertes Papier. Dort stand, als ob die Rechtschreibung noch gar nicht erfunden worden wäre: »Lifert unz oire bestn unt mechtigstn Superheldn aus, dan gebn wir oich Luna zurük!«

Ich gab ihr den Zettel zurück. »Wer hat den Zettel geschrieben?«

Celesta sagte: »Das war Chron, ein mächtiges Ungeheuer mit einer starken Armee. Letzten Sommer haben wir Krieg gegen ihn geführt und ihn ziemlich geschwächt. Ich glaube, das ist der Grund, warum er Luna entführt hat. Sie ist mein kostbarster Besitz. Und er wollte sich wahrscheinlich rächen.«

»Aha, und wo genau ist sein Lager?«, wollte nun Raban wissen.

»Das ist ja das Problem. Zuerst war sein Lager unter der Erde von Mexiko, doch dann ist er mit seiner Armee ins Weltall geflüchtet. Das haben wir mit einem unserer mächtigsten Superhelden herausgefunden. Er ist auf dem Jupiter.«

Wir starrten sie an. »Auf ... dem Jupiter. Im Weltall«, sagte Merle langsam. »Ist das ihr Ernst?«

»Leider ja«, sagte Celesta betrübt. »Keiner unserer Kommandanten hat sich bereit erklärt, sie zurückzuholen.«

Ohne nachzudenken rief ich: »Na dann: Machen wir das!«

Drittes Kapitel

Meine Freunde starrten mich entsetzt an. Dann riefen sie durcheinander: »Bist du verrückt geworden? Hast du eine Ahnung wie gefährlich das ist? Viel zu riskant!« Ich schluckte und suchte nach einem Argument. Schließlich fand ich eins. »Wir waren monatelang in dieser Schule und haben sehr viel gelernt. Das ist die Chance es zu beweisen!« Meine Freunde überlegten. »Na gut, aber wenn wir sterben, hast du die Schuld, weil du diesen Auftrag übernehmen wolltest.« Ich lächelte. »Auf euch kann man sich verlassen.«

Fortsetzung folgt.

5. Platz in der Altersklasse U14

Valentin Peddinghaus

Richtungsgemeinschaft

Ich steige aus dem Auto, und bevor ich den Bahnhof überhaupt betrete, merke ich, dass ich von hier an auf mich allein gestellt bin. Ich bin ganz allein, keine Freunde, keine Geschwister, keine Eltern – nur ich, der Bahnhof und einige hundert, vielleicht tausend andere Menschen. Ich ziehe eilig meinen Koffer hinter mir her, der unangenehm in meiner Hand rüttelt, weil die kleinen, schlecht verarbeiteten Räder über das Kopfsteinpflaster scheppern. Ich mache mich auf den Weg zur großen Eingangshalle. Auf dem Weg dorthin fallen mir allerlei Gestalten auf. Von Familienvätern, die ihre Kleinkinder im Zaum halten müssen, über eine Gruppe Straßenmusikanten bis hin zu Leuten mit schicken Anzügen und tollem Schmuck. Da merke ich, zwischen Gerüchen von Fett und Fritteuse, einer Wolke von Parfüm und einem sehr starken Gestank, den ich für Fisch halte, wie absurd unsere Gesellschaft ist.

Umgeben von einem Tumult an Menschen, einem Meer von Stimmen, vielen Unterhaltungen, und doch einsam – wie in einem Wimmelbild. Gemeinsam sein, und doch einsam sein. Das merke ich ganz besonders, als ich die riesige Haubtbahnhofshalle betrete. Zwar ist der kalte Elbwind innerhalb von wenigen Schritten nicht mehr spürbar, aber als ich auf die Bahngleise gucke, fährt mit jedem Zug auch ein viel stärkerer und unangenehmerer Wind ein – Gerüche von Urin und Erbrochenem füllen die Nasen von vielen hundert Menschen.

Ich stehe vor der Tafel und habe keine Ahnung, wo ich hin muss. Ich gucke vom Ticket auf die Anzeigetafel, wieder auf das Ticket, auf Wegweiser, wieder auf das Ticket. Und bevor ich mein Gleis gefunden habe, werde ich von einem jungen Erwachsenen mit einer starken Alkoholfahne umgeschubst. Obwohl ich in einem Meer von anderen Menschen stehe, bin ich einsam. Und bevor ich es merke, werde ich von einer zweiten Person angerempelt. Diesmal stolpere ich in die Pfütze einer Flüssigkeit, von der ich hoffe, dass sie Kaffee ist. Allerdings sehe ich jetzt auch die Kehrseite – auf der Suche nach einer Serviette für mein Hosenbein, das zur Hälfte in Kaffee getränkt ist, bietet mir eine freundliche Dame eine Packung Taschentücher an. Geste der Hilfsbereitschaft, Geste menschlicher Nähe.

Die Dame ist dann auch so freundlich, mir zu erklären, wo ich hin muss. Und bevor ich es merke, sitze ich auf meinem Platz im richtigen Zug. Die Reise beginnt. Mit vielen anderen Fahrgästen im selben Zug, in dieselbe Richtung, aber nicht mit demselben Ziel. Jeder und jede hat ein eigenes Ziel, verbindend ist: weg aus dieser Stadt.

Der Zug ist gut gefüllt, wenige Plätze sind noch frei. Die Luft wird schnell schlecht, es ist warm und die Klimaanlage ist kaum zu hören oder zu spüren. Es riecht nach Schweiß, nach mitgebrachtem Essen, manche haben Fast Food mit, das sie auspacken. Kinder lärmen, Menschen telefonieren und sprechen dabei viel zu laut, alle können mithören. Die Zugdurchsage kommt und der Zugbegleiter spult seine vorgefertigten Texte ab. Der Lautsprecher in der Decke plärrt. Dann kommt eine Vollbremsung, die Bremsen quietschen und der Zug kommt mit einem Ruck zum Stillstand. Wieder hört man das Plärren der Lautsprecher: Wegen einer Signalstörung verzögert sich die Weiterfahrt. Die Minibar kommt. Kaffee plätschert in Pappbecher, sein Geruch breitet sich über den Sitzreihen aus. Kleingeld klimpert. Man hört das Knistern beim Auspacken von Schokoriegeln.

Der Zug nimmt wieder Fahrt auf, die Sonne steht schon tief, ihre Strahlen dringen durch die Scheiben und blenden. Viele Fahrgäste starren auf ihre Smartphones oder Notebooks, vereinzelt sind leise Geräusche, Dialogfetzen aus den Kopfhörern zu vernehmen. Hier und da raschelt Zeitungspapier, Gruppen verfallen in Gelächter, andere Fahrgäste schlafen oder dösen vor sich hin. Der Abend bricht an und die Fahrt wird noch dauern, bis wir den nächsten Bahnhof erreichen.

Wer wird dort aussteigen? Für wen geht es weiter mit dem Zug? Gemeinsam in einem Waggon, in eine gemeinsame Richtung, aber keiner weiß, wo der Nachbar oder die Frau gegenüber hinfährt. Anonym, allein, alle anonym allein in dieselbe Richtung. Ein sonderbares Gefühl, verbunden und doch isoliert. Jetzt rast der Zug mit weit über 200 km/h durch die Abenddämmerung. Die Zugbeleuchtung wirft die Szenerie in kaltes Neonlicht. Kaum geeignet, um einzuschlafen. Aber die Müdigkeit ist stärker, der Schlaf kommt und übernimmt. Das Rauschen und Schwanken des Zuges tut sein Übriges. Die Augen fallen zu, werden reflexhaft wieder geöffnet, der Kopf fällt vornüber, wird wieder hochgenommen, das wiederholt sich einige Male, dann nicke ich ein und überlasse alles dem Schlaf. Ein tiefer Schlaf, inmitten von fremden Menschen, anonym und doch irgendwie behütet, gewärmt von den Körpern der anderen, den Fremden.

Elina Desjardins

Spiegel unserer Gesellschaft

Ihr leerer Blick schweifte durch den Raum und verweilte für einen kurzen Moment auf mir. Ich wusste, dass etwas nicht stimmte, doch sie lächelte nur und wandte sich von mir ab. Ihr war bewusst, dass ich sie durchschaut hatte, doch sie tat, als ob nichts wäre. So wie jeder hier in diesem Raum.

Stimmen. Tiefe, helle, schrill klingende Stimmen. Vermischt mit einem Lachen. Einem Lachen, das nur existierte, um gehört zu werden. Beinahe ein Hilfeschrei nach Aufmerksamkeit. Aufmerksamkeit, nach der jeder in diesem Raum suchte. Der Klang von Gläsern, die aneinanderstießen. Ein grölendes Lachen. Die Stimmen immer lauter werdend, immer durchdringender. Der Wunsch, gesehen zu werden. So eindeutig, dennoch schien es niemand wahrzunehmen. Wie geblendet von der Realität. Das einzige Ziel, dazuzugehören, so zu sein wie alle anderen. Als wären sie in einer anderen Welt. In einer Welt, in der ich mich nicht befand. Obwohl, vielleicht war ich in dieser Welt. Vielleicht war ich doch ein Teil von ihnen. Jedoch redete ich mir ein, es nicht zu sein, mich nicht von dem Druck und dem Zwang leiten zu lassen, den jeder hier gekonnt vertuschte. Er war nicht sichtbar, aber man spürte ihn deutlich. Er fraß sich in die Körper der Menschen, kontrollierte sie förmlich bis er sie ganz einnahm. Er ließ die Menschen, die sich gestern noch so nah waren, hinter dem Rücken anderer lästern, ließ sie falsche Freundschaften aufbauen. Ein Labyrinth aus Wahrheit und Lügen. Er ließ die Menschen eine Maske aufsetzten. Eine Maske, die nichts als ein Lächeln zeigte und andere Gefühle verbarg. Hinter welcher sie sich versteckten, sich sicher fühlten, da sie so nicht angreifbar waren.

Ich merkte, wie sie immer und immer mehr versuchte, den anderen zu gefallen, so zu sein, wie sie sie haben wollten. Es tat weh, mit anzusehen, wie sie sich verbog, sich für andere Menschen verstellte. Ich kannte sie schon seit meiner Kindheit und wir waren schon damals unzertrennlich. Dort kümmerte uns nicht, was andere von uns dachten. Wir taten, was uns gefiel, egal, wie andere Kinder es fanden. Und jetzt?

Jetzt sind wir sind eine Gruppe von Menschen. Eine Gruppe von Menschen, die sich Freunde nennen, doch in Wirklichkeit kämpft jeder für sich. Wir alle haben Ängste, Schwächen und Sorgen, doch teilt sie niemand, um bloß nicht das perfekte Bild, das alle anderen von einem haben soll, zu zerstören. Es ist ein Kampf, den jeder für sich kämpft, eine Freundschaft, die von außen als stark und vertraut angesehen werden kann, doch in der in Wirklichkeit jeder auf sich allein gestellt ist. Ich weiß nicht, wie es wäre, würde der Druck der Gesellschaft nicht unserer Freundschaft den Weg weisen. Ich wüsste nicht, wie wir wären, wie ich wäre, wer ich wäre. Wer weiß, vielleicht folgen deshalb so viele Menschen der Masse, da sie sich so dieser Frage nicht stellen müssen.

Lara Küpper

Finny, der kleine Fisch

Hi, ich bin Finny, der kleine Fisch, und ich möchte dir meine Geschichte erzählen. Ich war noch ein ganz kleiner Fisch, noch ein viel kleinerer Fisch als ich es jetzt bin, als ich einmal spazieren schwamm. Meine Mutter meinte noch: »Verirre dich ja nicht! Das Meer ist so groß und wir so klein! Und nimm dich vor den Haien in Acht, für die bist du nur ein kleiner Snack!«

Hätte ich doch nur darauf gehört, aber nein, mir muss ja immer irgendetwas passieren! Ich bin der totale Pechvogel! Ich schwamm also los, ich schwamm und schwamm und fing an zu träumen. Irgendwann merkte ich, dass ich nicht mehr wusste, wo ich war. Ich muss ziemlich weit geschwommen sein, denn meine Flossen taten schon weh. Ich schwamm eine ganze Weile zurück und dann nur noch ziellos hin und her. Doch ich fand das Korallenriff, wo ich mit meiner Familie wohnte, einfach nicht mehr. Ich war total niedergeschlagen, ich war ja noch so klein! Und zu allem Überfluss, als wenn das nicht schon genug gewesen wäre, kam dann auch noch ein Hai, ein riesengroßer Weißer Hai. Ich dachte, es wäre aus mit mir, dieser Hai, er wird mich kriegen, mich zubereiten und als Nachtisch verspeisen. Ich schwamm um mein Leben. Mir tat alles weh, doch ich schwamm und schwamm und schwamm, ich weiß nicht wie lange. Irgendwann wurde es dem Hai wohl zu viel, für so einen kleinen Snack so viel Aufwand zu betreiben und er ließ mich in Ruhe. Ich war überglücklich, dass ich mein Leben retten konnte, doch dann musste ich an meine Familie denken. Ich weinte, ich wollte sie unbedingt finden, aber ich war einfach so müde. Ich war ja schon vorher so müde gewesen und dann auch noch der Hai. Naja ...

Da konnte ich einfach nicht mehr, ich wollte sie suchen, doch ich musste mich ausruhen. Ich legte mich in eine geschützte Koralle und schlief. Ich schlief und schlief, ich schlief ganze drei Tage und Nächte. Ich träumte von meiner Familie, meiner Mutter, meinem Vatter, meinen Geschwistern, Cousinen und Cousins, meinen Großeltern, Tanten und Onkel. In meinem Traum wurde mir immer bewusster, wie viele Sorgen sie sich machen mussten und ich machte mir auch große Sorgen. Als ich aufwachte, überlegte ich mir sofort, wie ich zurück zu meiner Familie kommen konnte. Ich hatte wieder etwas mehr Kraft, aber mein Magen knurrte, ich hatte ja seit Ewigkeiten nichts mehr gegessen. Mir wurde klar: Ich muss erst einmal etwas zu essen finden, bevor ich meine Familie suchen konnte.

Also schwamm ich aus meiner Koralle und suchte mir ein paar Algen. Ich setzte mich auf eine andere Koralle, um meine Algen zu essen, und dachte über meinen »Ausflug« vor drei Tagen nach. Ich machte mir solche Vorwürfe: Hätte ich doch nicht so lange vor mich hingeträumt! Doch das war jetzt nicht mehr zu ändern. Als ich aufgegessen hatte, schwamm ich los, ich versuchte verzweifelt irgendwie meine Familie wieder zu finden.

Ich suchte schon eine ganze Weile, da kam wieder ein Hai und dieser war noch ein ganz schönes Stück größer als der vor drei Tagen. Ich erschrak und schwamm so schnell, wie ich nur irgendwie konnte. Der Hai war aber trotzdem schneller und ich war mir sicher: Jetzt bin ich dran! Doch ich wollte nicht einfach so aufgeben und das war auch gut so. Der Hai hatte mich schon fast eingeholt, als ein noch viel größerer Hai kam. Ich glaube der andere Hai bekam es mit der Angst zu tun, er schwamm auf jeden Fall weg. Doch das schien mir auch nicht zu helfen, im Gegenteil: Der andere Hai konnte noch schneller schwimmen und ich bekam noch mehr Angst und schwamm noch etwas schneller. Doch plötzlich hörte ich ganz viele Stimmen, die aus dem Hai zu kommen schienen. Sie sagten: »Fürchte dich nicht, wir sind deine Freunde und wollen dir helfen!« Und dann geschah etwas Unglaubliches: Der Hai teilte sich erst in zwei, dann in zehn und zuletzt in hunderte Teile. Ich wunderte mich und sagte leise vor mich hin: »Was ist das denn?« Doch als ich genauer hinsah, erkannte ich, dass es viele kleine Fische waren, sie waren noch viel kleiner als ich. Ich hätte nie gedacht, dass so kleine Fische einen so großen Hai in die Flucht schlagen können. Einer der Fische fragte mich: »Warum schwimmst du hier so alleine im großen Meer?«

Ich erzählte die ganze Geschichte: »Es fing alles damit an, dass ich alleine spazieren schwamm ... Ja, und dann kamt ihr: Ich dachte echt mein letztes Stündlein hätte geschlagen! Und den Rest kennt ihr ja.«

Alle Fische hatten sehr aufmerksam zugehört und sahen jetzt sehr betroffen aus. Irgendwann bot einer der Fische an, mir zu helfen, und alle anderen Fische taten dies dann auch. Es war ein wildes Durcheinander, doch dann waren wir uns einig, dass wir uns in Zehnergrüppchen aufteilen und genau eine Nacht und einen Tag lang suchen wollten. Dann wollten wir uns wieder dort treffen wo wir gerade waren und falls eine Gruppe meine Familie gefunden haben sollte, sollten sie uns zu ihr führen, falls nicht, würden wir uns etwas anderes überlegen. Wir schwammen also in verschiedene Richtungen und suchten meine Familie. Wir suchten und suchten. Ich war schon ganz kaputt und auch ein bisschen traurig, als meine Gruppenmitglieder meinten, in zehn Minuten müssen wir umdrehen. Ich machte mir Mut. Vielleicht haben die anderen ja meine Familie gefunden. Doch das half auch nicht wirklich. Meine Gruppenmitglieder wollten gerade schon umdrehen, da entdeckte ich das Riff, in dem ich mit meiner Familie wohne. Ich schwamm sofort hin, ich war überglücklich und weinte sogar vor Freude und alle anderen aus meiner Familie auch. Wir hatten uns endlich wieder. Wir luden die Fische, die mir geholfen hatten, ein, mit uns zu feiern, doch die wollten erst einmal ihre Freunde vom Treffpunkt abholen, damit die sich keine Sorgen machten. Die luden wir natürlich auch ein und holten sie alle zusammen ab. Dann feierten wir ein Fest, das kannst du dir gar nicht vorstellen. Ich glaube, man hörte uns noch viele Kilometer weit.

Malena Mäscher

Der Begleiter

Wie ich gestorben bin? Ich habe absolut keine Ahnung. Ich weiß nicht, wer ich bin, wo ich früher gelebt habe, wer meine Verwandten waren oder was auch immer. Ich schätze, in dem Moment, als sie mich verloren, verlor ich die Erinnerungen an sie. Manchmal habe ich das Gefühl, mich an kleine Details zu erinnern, doch es sind nie richtige Erinnerungen. Man könnte sich natürlich fragen, woher ich weiß, dass ich tot bin. Das frage ich mich auch, schließlich kann es ja sein, dass ich schon immer ein Geist war, und mit einem Niesanfall oder Ähnlichem meine Erinnerungen daran verloren habe. Aber anzunehmen, dass ich tot bin, erscheint mir einfach leichter und unkomplizierter.

Der Vorteil am Totsein: Niemand sieht dich. Aber du selbst siehst alles. Ich kann fliegen und durch Wände gehen und, ganz ehrlich, ich habe es ausgenutzt, denn was soll ich sonst machen?

Der Nachteil am Totsein: Niemand sieht dich. Du kannst zwar alles sehen, aber nichts berühren, nicht essen, nicht schlafen, mit niemandem sprechen. Du bist einsam, und solange niemand da ist, der Dinge tut, die interessant genug sind, sie zu beobachten, ist es verdammt langweilig. Ich weiß nicht einmal, wie lange ich schon hier bin. Eine Woche, einen Monat, ein Jahrhundert, alles wäre möglich. Ich habe das Zeitgefühl verloren. Und ich kann ja nicht mal aufschreiben, wie lange ich schon hier bin, weil ich keinen Stift halten kann.

Andere wie mich gibt es nicht. Jedenfalls habe ich noch nie andere wie mich gesehen. Niemanden, an dem die Leute vorbeilaufen, als wäre er nicht da. Ich bin irgendwann zu der Schlussfolgerung gekommen, dass ich der Einzige bin. Vielleicht können Geister sich auch nicht gegenseitig sehen. Oder ich bin wirklich der Einzige.

Und obwohl ich nicht weiß, wer ich früher war oder was ich als Lebender gemacht habe, kann ich sagen, dass mein Geisterleben das Langweiligste ist, was es gibt. Also habe ich irgendwann angefangen, Menschen zu folgen. Ich suche sie meistens zufällig aus und folge ihnen, bis es mir wieder zu langweilig wird. Viele wissen gar nicht, wie langweilig ihr Leben ist. Das Leben von der Person, der ich momentan folge, ist auch nicht wirklich aufregend. Er ist ein einfacher Mittzwanziger, der Physik studiert. Astrophysik, um genau zu sein, also etwas, was ich kein bisschen verstehe. Aber irgendwie mag ich es, neben ihm zu sitzen und ihm zuzusehen, wie er in den Formeln und Zahlen, die sein Professor vor sich hinmurmelt, viel mehr Sinn erkennt als ich es je könnte.

Er lebt alleine in einer kleinen Einzimmerwohnung und manchmal sieht er darin genauso einsam aus, wie ich mich fühle. Er setzt sich oft stundenlang ans offene Fenster und sieht raus. Er hat einen grandiosen Musikgeschmack und ein ebenso gutes Soundsystem, bei dem ich mich frage, wen er umgebracht hat, um sich das als Student leisten zu können. Und er liest gerne und viel. Er hat die Angewohnheit, laut zu lesen, sodass ich ihm einfach zuhören kann, wie er nachts um zwölf dicke Romane vollständig durchliest, während er leise Musik laufen lässt. Morgens sitzt er dann müde, aber immerhin um mehrere tausend Worte reicher in der nächsten Vorlesung.

An diesem Wintermorgen ist alles wie immer. Er steht morgens auf, macht sich fertig, läuft zur Bushaltestelle und fährt mit dem nächsten Bus zur Uni. Ungefähr zwanzig Minuten später steigt er aus und läuft die letzten fünfhundert Meter. Ich folge ihm. Alles wie immer. Es ist ziemlich kalt, jedenfalls soweit ich es mit einem Blick auf die anderen Passanten beurteilen kann, denn sie eilen zitternd durch die Straßen, immer bedacht darauf, nicht auf dem Schnee auszurutschen, der in lockeren Flöckchen zu Boden fällt, um sich dort entspannt niederzulassen.

Als er an einer Ampel stehen bleibt, renne ich fast in ihn hinein, weil ich zu beschäftigt damit bin, die anderen zu beobachten. Naja, wäre ich in ihn reingelaufen, wäre absolut nichts passiert, aber einige Angewohnheiten habe ich wohl noch aus meiner Zeit des Lebendigseins behalten. Plötzlich tut er etwas Besonderes. Er dreht sich um und sieht mich an. Wenn man so lange von allen ignoriert wurde, erkennt man sofort, wenn irgendjemand plötzlich nicht mehr an einem vorbei- oder durch einen durchsieht, und das ist jetzt der Fall. Eine gefühlte Ewigkeit und noch zwei weitere Minuten lang starren wir uns nur an, denn ich habe absolut keine Ahnung, was ich sagen soll und versuche immer noch herauszufinden, ob ich mir das gerade nur einbilde. Können Geister den Verstand verlieren? Ich habe keine Ahnung. Und er will noch nicht sprechen, oder scheint in meinem Gesicht nach irgendetwas Bekanntem zu suchen. Oder wartet darauf, dass ich zu sprechen beginne, was heißt, dass ich mir langsam mal etwas überlegen sollte.

»Okay, ich habe nur drei Fragen an dich«, sagt er, als ich gerade beginne, Panik zu kriegen, weil mir außer »Hi« nichts eingefallen wäre, und ich nicht einmal das über die Lippen bringe. »Drei Fragen«, wiederholt er, als ich darauf nichts sage. Er sieht nervös aus, und in seinen Augen liegt auch eine Spur von Angst und Verwirrung. »Und ich brauche eine ehrliche Antwort, andernfalls fahre ich sofort weiter in die Psychiatrie und lasse mich einweisen, denn das geht jetzt viel zu lange so, als dass ich es auf den Stress schieben kann. Also: Frage eins, wer bist du? Frage zwei, wieso folgst du mir? Und die wahrscheinlich wichtigste Frage, Frage drei: Warum bin ich – wie es scheint – der Einzige, der dich sieht?«

Annika Roth

Gemeinsam einsam

Vielleicht können wir ja zusammen einsam sein
Uns für einen Tag nur Herz und Seele teil'n
Finden was wir immer gesucht haben
Den Moment den wir weinend verflucht haben

Vielleicht können wir ja zusammen einsam sein
Uns zusammen des Lebens freu'n
Und gehen wir danach getrennt zwar mit leeren Händen
Aber mit Herzen voller Freude

Vielleicht können wir ja zusammen einsam sein
Leg dich mit mir in den Regen
So warten wir bis es Tag wird
Und der Wind aufhört zu reden

Vielleicht können wir ja zusammen einsam sein
Aber das ist nur mein Traumgespinst
Einsam ist man doch allein
Wo führe das denn hin

Einsam oder allein?

Einsam ist man nur allein, oder?
Ich muss wissen, ob es jemanden gibt
Der auch alleine einsam ist

Den auch nachts die Gedanken plagen
Wie es wär, Neues zu wagen
Doch den Gedanken

schnell unter kleinen Dingen begraben

Einsame Zweisamkeit oder zweisame Einsamkeit?
Ich muss erleben, was geht
Um zu spüren, was nicht gegangen ist
Nicht grübeln, was geht
Um zu bereuen, was gegangen wäre

Mein Lächeln bleibt

einsam zu gemeinsam

das leben schießt aus mir heraus wie aus einem feuerwehrschlauch
    ich kann nicht aufhören zu lachen
die limonade klebrig und süß tanzt sie im glas und sprudelt wie die
    freude in mir
zwanglos wild und schön unter der kastanie tanzen wir bis nachts
und der morgen kommt und die jahre rieseln dahin
ich frag mich ob ich einsam bin
wie könnt das sein in so bewegter zeit
einsam sein geht nicht zu zweit
doch tief in mir da weiß ich nicht
ist das noch freude in meinem gesicht
oder nur die andere seite
der einsamkeit
ist freude immer abseits
der oberflächlichkeit
bin es nur ich der
das leben davonweht
denke ich zu viel
und es geht nicht darum
was passiert
mein herz

freudlos
tot?

wie kommst
du hier in mein leben
lärm und schrille farben
bringst du mir und nach all den jahren
limonade spritzig
habe ich die freude vermisst
oder mich übers vermissen gefreut
um wenigstens etwas zu fühlen
keine dunkelheit ist mehr zu sehen in deinem
hellen schein den du auf mich wirfst
und mich mit goldfarbe dick wie süßer honig übergießt
die sich überall verteilt und am ende überall für immer klebt
die werde ich sicher nicht mehr los und doch ist es die unsicherheit
        die uns befreit
das unplanbare das nicht-denken das fehler machen und unperfekt
        sein und zwar mit voller wucht
mich den regen auf meinen armen und die sonne in meinem gesicht
        spüren lassen so kommt energie
von der kastanie direkt in mein herz das so prall gefüllt ist wie eine
        reife kirsche mit sprudelndem leben

Paula Tendam

Rollenvergabe

Hallo.

Ich heiße Ella und bin dreizehn Jahre alt. Wo ich wohne? Ich weiß auch nicht so recht. Meine Eltern sind vor knapp vier Jahren bei einem tragischen Unfall ums Leben gekommen. Geschwister habe ich keine. Deshalb hat meine ehemalige Schule mich in ein Kinderheim gesteckt. Es war echt öde dort. Nur kaltes Essen und Wasser. Da kann man seine Zeit schon mit etwas Schönerem verbringen. Aber ich will mich auch gar nicht beschweren. Immerhin hatte ich in dieser Zeit ein Zuhause. Irgendwann sind mir die Typen, die das Kinderheim führten, zu blöd geworden. Wenn denen etwas nicht passte, wurden die gleich richtig aggro. Also habe ich mich irgendwann rausgeschlichen.

Seitdem wohne ich in einer kleinen Hütte am Ende eines Waldes. Der Bauer, der nebenan wohnt, bringt mir netterweise immer Teelichter vorbei, weil es in der Hütte keine Lampen gibt. Ganz schön nervig, sag ich euch. Nicht dass ihr denkt, dass mein Leben langweilig ist! Ganz im Gegenteil. Es geschah letzten Sommer ...

Es war der letzte Tag der Sommerferien und ab morgen würde ich in eine neue Schule gehen. Ich saß gerade gemütlich in der Holzhütte und zündete mir Teelichter an. Ein bisschen Bammel hatte ich schon vor dem Schulbeginn. Meine Klamotten, ja eigentlich alles, was ich besaß, war nicht mehr ganz neu und auch nicht so stylisch. Mir machte das eigentlich nichts aus, aber der Bauer (ich sollte ihn mal nach seinem Namen fragen) hatte mir erzählt, dass diese Schule eine sehr große, naja, Tussischule sei. Nicht dass ihr denkt, dass ich mich selbst auch zu den großen Tussis zähle, aber es war die einzige Schule mit einer guten Vorbereitung für ein medizinisches Studium.

Außerdem war es die Schule, die am nächsten an meiner Hütte lag, also war es doch ein Versuch wert, es an dieser Schule zu versuchen, oder?

Als ich so vor mich hingrübelte, wie wohl mein erster Schultag werden würde, brach die Nacht herein und ich vergaß beinahe, das Teelicht auszupusten, bevor ich mich schlafen legte.

Am nächsten Morgen, als mein alter Wecker ein mühsam herausgebrachtes, schrägklingendes Klingelingeling von sich gab, schreckte ich aus dem Schlaf hoch und zog mich, wenn auch noch nicht ganz wach, an, aß ein paar schrumpelige Blaubeeren vom Bauern (er ist immer soooooowas von großzügig, müsst ihr wissen) und machte mich dann auf den Weg zur Schule. Als ich nach ungefähr zehn Minuten angekommen war, packte mich erneut die Angst und ich blieb kurz stehen, um mir das robuste Schulgebäude genauer anzusehen. Es war hübsch und kam mir irgendwie verwunschen vor.

Kaum stand ich vor der Tür, kam auch schon ein Mädchen auf mich zu. Ungefähr genauso alt wie ich, mit dunkelblonden, leicht gewellten Haaren und einer ihr gut stehenden Brille. Sie quasselte direkt in einem derartigen Tempo drauflos, dass ich schon am Anfang dachte, sie hätte den Text schon fünf Stunden vorher auswendig gelernt. »Hallo! Ich bin Paggie. Ich bin deine Patin aus deiner zukünftigen Klasse und werde dir hier alles zeigen.« Sie holte einmal Luft. »Hast du dich schon auf unserer Internetseite informiert? Die leite übrigens ich! Du kannst auch gerne mitmachen. Oder auch in der Redaktion der Schülerzeitung natürlich. Es gibt auch viele andere AGs hier bei uns. Du hast aber noch viel Zeit, darüber nachzudenken. Die AGs sind natürlich freiwillig, aber du musst wissen, dass du dafür einen Teil deines freien Nachmittags opferst. Wollen wir reingehen?«

Ich musste ihren Vortrag erstmal verarbeiten und sie nutzte diese Zeit anscheinend, um mich in Ruhe zu mustern. Dabei setzte sie einen derart kritischen Gesichtsausdruck auf, dass ich Angst bekam, mir wäre ein drittes Bein gewachsen. »Nun, gehen wir rein!«, schloss sie und ging mit hochgerecktem Kinn ins Schulgebäude.

Von innen wirkte das Schulgebäude noch riesiger als von außen. Als ich mich so in der Eingangshalle umsah, stach mir sofort eine kleine Gruppe von Mädchen ins Auge, die sich anscheinend mit einem anderen Mädchen stritten. Das Mädchen, das sich mit der Tussi-Clique stritt, kam mir sofort sympathisch vor. Ich weiß auch nicht, wieso. Sie war so ein bisschen wie ich, trug eine ausgewaschene Schlabberhose und ein viel zu großes Shirt. Sie sah ziemlich vollgepackt aus, so mit den ganzen Büchern unterm Arm.

Da zog mich Paggie auch schon weiter und wir bogen in einen engen Korridor ab. Als ich mit meiner Aufmerksamkeit wieder bei Paggie landete, die die ganze Zeit geredet hatte, erzählte sie gerade etwas von einem Theaterprojekt. »Ich finde dieses Projekt ja super«, schwärmte sie. »Das gibt es jedes Jahr und alle können mitmachen. Das heißt, wenn man die Castingrunde übersteht. Ich möchte auf jeden Fall mitmachen. Wie sieht es bei dir aus? Man kann sich ganz tolle Kostüme aussuchen. Die Kostümauswahl ist echt hinreißend …« Ich sah mir im Vorbeigehen ein bunt leuchtendes Plakat an, auf dem das Theaterprojekt angekündigt wurde. Es war schön, aber noch zeigte ich kein Interesse daran.

Paggie riss mich aus meinen Gedanken und zerrte mich am Ärmel. »Komm, wie müssen weiter. Wir haben gleich Mathe!« Na toll! Der erste Schultag an einer neuen Schule nach den Sommerferien und was haben wir im ersten Block? Natürlich mein Lieblingsfach (nicht!). Paggie lockerte ihren Griff etwas und führte mich ins Klassenzimmer. Der Unterricht war nicht besonders spannend und so ging der Tag ziemlich langsam um.

Als ich später im gemütlichen Schein des Teelichtes in meiner Hütte saß, dachte ich lange über meinen ersten Schultag nach. Mir war schon den ganzen Vormittag aufgefallen, dass viele Schüler abgeneigt auf mich reagiert hatten – lag das vielleicht an meinen Klamotten? Ich hatte noch keinen Freund an der Schule, außer Paggie. Naja, Paggie war ja eigentlich auch nur meine Patin. Quasseln mit guten Freunden hatte ich irgendwie anders in Erinnerung. Insgeheim fühlte ich mich irgendwie … einsam. Paggie hatte mich keinem einzigen Menschen vorgestellt. Ich kannte einfach niemanden an dieser großen Schule und konnte auch mit niemanden über meine Gefühle reden. Ich nahm mir vor, dieses Gefühl zu verdrängen.

Am nächsten Morgen wurde ich schon wach, bevor mein Wecker klingelte. Ich dachte viel nach und beschloss, die Chance zu nutzen, bei dem Theaterprojekt mitzumachen. Mittlerweile fand ich es doch interessant und eine schöne Idee. Paggie hatte gesagt, dass es eine große Kostümauswahl gab. So würde erstmal nicht auffallen, dass ich nicht zu den ganz Reichen gehöre und eigentlich alte Klamotten trug. Also hieß es jetzt: Texte lernen!

Der kommende Schultag verlief dann etwas anders, denn das Theater-Casting nahm die ersten drei Blöcke ein und die nächsten zwei, in denen wir Unterricht hatten, waren auch nicht viel spannender als die von gestern.

Aber nun zurück zum Casting. Es verlief alles ziemlich stressig, denn alle (Lehrer und Schüler) wuselten hektisch umher, ließen Blätter fallen, gingen ihre Texte durch und die Zuschauer glotzten gelangweilt auf die Bühne. Ich war eine von denen, die noch mal ihren Text durchgingen. Paggie war auch da, aber sie hatte schon vorgesprochen, als ich ihr begegnete. »Ich bin ja so froh! Alles ist glatt gelaufen und ich habe ein sehr gutes Gefühl. Frau Thompson hat mich sogar gelobt!« Frau Thompson war die Theaterleiterin.

Als ich dann auch endlich auf die Bühne gebeten wurde, ging alles ziemlich schnell. Ich hatte mir natürlich vorher schon ein tolles Outfit rausgesucht, welches schöne Details hatte. Es saßen viele goldene Knöpfe an dem Kleid und es hatte schöne Stickereien. Ich stand ganz alleine vor gefühlt Tausenden von Menschen, die mich alle mit einem erwartungsvollem Blick anstarrten. Ich schwieg einen Moment und dann redete ich einfach drauf los. Es kam alles wie ein Wasserfall aus meinem Mund und ich fragte mich nachher, ob ich nicht doch ein wenig zu schnell gesprochen hatte. Auf jeden Fall wurde ich gelobt. Von Frau Thompson *und* von einem fremden Mann, den ich nicht kannte. Wahrscheinlich war er auch ein Lehrer. Paggie kam direkt auf mich zugestürmt, nachdem ich von der Bühne runter war. »Wow! Das war echt der Hammer! Wann hast du bitte angefangen, den Text zu lernen?« Sie redete immer dermaßen schnell, dass ich mich erst daran gewöhnen musste.

Und dann passierte noch etwas sehr Sonderbares: Paggie wurde von jemandem zur Seite geschubst und Annabel aus der Tussi-Clique (die, die sich am Vortag mit dem Mädchen gestritten hat, das mir so sympathisch vorkam), die größte Zicke der Schule, kam auf mich zu und blieb mit einem Sicherheitsabstand von ungefähr einem Meter vor mir stehen. Sie zischte: »Du! Du! Wie immer du auch heißt. Du nimmst mir meine Rolle nicht weg! Ich werde besser sein als du und dich mit meiner Schönheit übertrumpfen! Ende der Durchsage!«, fügte sie hinzu, machte auf dem Absatz kehrt und verschwand. Mir war die Kinnlade heruntergeklappt. Paggie, die von der Seite angelaufen kam, nuschelte etwas wie »diese dämliche Kuh« und zog mich dann weiter.

Später war ich noch mit dem Bauern verabredet. Er redete wieder einmal über Gott und die Welt und ließ mich so gut wie gar nicht zu Wort kommen. Als dann seine Frau nach Hause kam, machte ich mich schnell vom Acker, weil sie mich nicht so gerne mag. Ich glaube, sie will nichts mit solchen armen Leuten wie mir zu tun haben.

In meinem Bett war ich dann so ausgeknockt, dass ich nicht mehr die Energie hatte, viel nachzudenken. Ich pustete nur noch mein

Teelicht aus und schlief ein. In der Nacht träumte ich von meinen Mitschülern, die allesamt auf dem Schulhof standen. Sie waren alle ziemlich regungslos und schauten zu mir hoch. Ich stand auf einem kleinen Podest. Doch plötzlich fingen sie alle an, zu lachen. Sie johlten und lachten laut und buhten mich gnadenlos aus. Ich fühlte mich todunglücklich. Ich war schweißgebadet, als mich der Hahn vom Bauern aus dem Schlaf riss. Genau im richtigen Moment, wie ich fand, denn ich hatte, noch träumend, das Gefühl, dass meine Mitschüler auf mich losgehen wollten.

Später in der Schule sollte dann die Rollenverteilung verkündet werden. Als es endlich so weit war, standen wir alle aufgereiht auf der Bühne. Es fing mit der Vergabe von kleinen Nebenrollen an und steigerte sich. Als dann verkündet wurde, wer von den Interessenten die vierte Hauptrolle spielen sollte, platzte ich fast vor Aufregung.

»Und jetzt die vierte und sehr anspruchsvolle Hauptrolle«, verkündete Frau Pauli. »Sie geht an Ella aus der 7b!« Tosender Applaus. Ich war überglücklich und fühlte mich wie jemand, der gerade im Lotto gewonnen hatte. Ich strahlte von einen Ohr zum anderen.

Dann kam auch schon die nächste Rolle dran. Es war Annabel, die mit ihrer Rolle auch ganz zufrieden wirkte. Danach kam sie sogar zu mir und sagte in einem angenehmen Tonfall: »Herzlichen Glückwunsch zur Rolle.« Das überraschte mich nach ihrem Auftritt letzte Woche. Naja. Hauptsache sie war zufrieden und nervte mich nicht.

In der folgenden Nacht träumte ich einen ähnlichen Traum wie zuvor. Diesmal passierte alles komischerweise auf einer Strandpromenade. Und so ging es weiter. Das Auslachen meine Mitschüler wurde von Traum zu Traum immer schlimmer und in der Schule bekam ich immer wieder Kopfschmerzen, weil ich oft an meine Albträume denken musste. Umso schrecklicher war es für mich, meine Mitschüler in der Schule in kleinen Gruppen lachen zu sehen. Ich stand ganz alleine und einsam daneben.

Immer wenn ich in meinem Bett lag, spekulierte ich, wann ich endlich richtige Freunde finden würde. In der Schule wurde ich von allen Seiten komisch angeguckt und ich hörte auch immer wieder Schüler leise über mich und meine Klamotten flüstern. Es war einfach ein schreckliches Gefühl, einsam zu sein. In der Schule versuchte ich mir von meinen heimlichen Gedanken nichts anmerken zu lassen, aber es wurde immer schwieriger, diese blöde Einsamkeit zu unterdrücken. Bis ...

Nach der längsten Theaterprobe meines Lebens kam Annabel zu mir. »Hey, äh ... du.«

»Ich heiße Ella«, sagte ich zögernd.

»Ja, Ella, du bist eigentlich voll okay im Theaterspielen. Also, heute warst du ziemlich gut.«

»Oh ... äh, danke.« Ich spürte, wie ich rot wurde und ich fühlte mich viel besser und gar nicht mehr so einsam. Ich wurde gelobt. Von Annabel! Der größten Zicke der Schule! Es entstand eine peinliche Pause und Annabel machte dann irgendwann die Biege. Ich stand gefühlte zehn Minuten da und dachte über Annabels Worte nach. Heute warst du ziemlich gut. Zwar nicht in einer super freundlichen Tonlage gesagt, aber das war mir eigentlich egal. Es ging doch darum, nicht mehr einsam zu sein. Glücklich hüpfend ging ich nach Hause und summte eine fröhliche Melodie.

Die nächsten zwei Wochen passierte eigentlich nichts Spannendes, außer das Thomas und Jakob von einem Krankenwagen abgeholt werden mussten, weil sie eine Hand voll Salz auf einmal geschluckt hatten. Leider kam auch wieder eine Welle von Einsamkeit auf mich zu.

Aber dann passierte das Unglaubliche. Eines Mittags kam Annabel nach der letzten Stunde auf mich zu. Erst dachte ich, dass das wieder so eine Aktion wie »ich werde dich mit meiner Schönheit übertrumpfen« war. Aber das war es nicht. Als sie vor mir stand und mich süßlich anlächelte, zauberte sie plötzlich einen kleinen Umschlag aus ihrer Tasche und reichte ihn mir. Ich sah sie fragend an und als sie mir dann aufmunternd zunickte, packte ich eine Karte aus dem Umschlag aus. Es war ... tatatata ... eine Geburtstagseinladung! Ich, Ella, war zu Annabels Party eingeladen! Aus spontaner Freude umarmte ich Annabel. »Oh danke, danke Annabel.«

»Aber gerne. Wir machen eine Kostümparty. Ich habe schon so viele tolle Kleider aus Tüll und Samt bestellt. So jetzt muss ich aber los. Die Vorbereitungen warten!«

Ich ging überglücklich nach Hause und legte mich in mein Bett. Ich war eingeladen! Das erste Mal an der neuen Schule! Ab jetzt plante ich alles. Outfit und Geschenk. Ich hatte einen schönen rosafarbenen Schlüsselanhänger für Annabel besorgt.

Am Tag der Party war ich super aufgeregt. Auf dem Weg zur Party traf ich den Bauern. Er sammelte gerade Kartoffeln. Als ich ihm erzählte, dass ich zu einer Party eingeladen wurde, freute er sich sehr mit mir.

Kurz darauf klingelte ich bei Annabel an der Tür. Sie öffnete. Anscheinend war ich der erste Gast. Sie bat mich herein und setzte sich auf das Sofa. Sie sah irgendwie traurig aus, fand ich, obwohl sie ja etwas Schönes vorhatte. »Was ist?«, fragte ich und sie sagte: »Weißt du ... ich habe vor zwei Jahren meinen Vater verloren. Meine Mutter findet, ich muss immer die Nummer eins sein und immer die Beste in der Schule und so. Aber ich will das gar nicht. Meine Mutter lässt mich oft allein und dadurch fühle ich mich auch oft ... naja ... keine Ahnung.«

»Ich verstehe dich«, sagte ich. »Ich hab selbst vor vier Jahren meine Eltern verloren. Sie fehlen mir oft. Komm doch einfach mal zu mir, wenn du deinen Vater wieder vermisst. Wir können gerne mal reden. Aber jetzt steht erst mal deine Party an!«

»Du hast Recht. Danke! Mit dir zu reden tut echt gut!«

Es klingelte an der Tür, ich wollte schon hingehen, aber Annabel hielt mich am Ärmel fest. »Kennst du das Gefühl, wenn man irgendwie einsam ist? Wenn man niemanden hat?«

»Ja, ich kenne es, aber jemanden zu haben wie dich, also jemanden der genauso fühlt wie man selbst, ist schön. Am Anfang dachte ich, wir könnten nie Freunde werden, aber jetzt sind wir es doch irgendwie, oder? Freunde?«, fragte ich vorsichtig.

»Freunde!«, antwortete Annabel fröhlich.

Die Party wurde der absolute Hammer. Auch wenn wir nicht so viele waren, es hat echt Spaß gemacht mit den Dreien. Also mit Annabel, Daisy und Elisabeth. Wer hätte gedacht, dass wir am Ende doch noch Freunde werden.

Zeitfracht Medien GmbH
Ferdinand-Jühlke-Straße 7
99095 Erfurt, Deutschland
produktsicherheit@kolibri360.de